KB125279

아이가   서   재   로
잠들면   숨   었   다

아이가 잠들면 서재로 숨었다

육아에 무너진 여자를 일으킨
독서의 조각들

김슬기 지음

whale
books

오롯이 당신 혼자 숨어들 수 있는 곳

2012년 11월 14일.

나는 엄마가 되었고, 새로운 세상으로 이동했다. 아이는 무섭도록 작았고, 눈으로 보고 있으면서도 믿을 수 없을 만큼 놀라웠다. 한 아이의 엄마로 산다는 것이 어떤 것인지 나는 알지 못했고, 상상조차 해본 적 없는 일상을 살며 한없이 흔들렸다.

흔들림이 버둥거림으로, 버둥거림이 몸부림으로, 몸부림이 악다구니로 변하는 동안 나는 많은 걸 잃었다. 경제적 독립을 가능케 하는 직업을 잃고, 평정심을 유지하게 하는 고요한 정신을 잃었다. 당당함을 만들어주는 자존감을, 사람들과의 유대를, 단잠의 행복을, 평화를, 인내를, 내일에 대한 기대를, 살아야 하는 이유를 모두 잃고 나는 울었다.

하루가 지나는 게, 또 다른 하루가 찾아오는 게 숨이 막혀 끔찍했던 시간들…. 결코 벗어날 수 없을 것 같았던 우울의 늪에서 얻은 건 좋은 대학과 좋은 직장, 좋은 엄마라는 고개의 끝에는 견딜 수 없는 허무와 번뇌만이 존재할 뿐이라는 사실이다. 인생은 결코 목표를 향해 질주하는 달리기가 아니라는 것, 나에게 주어진 삶을 살아간다는 것은 내 삶의 수많은 조각을 하나씩 맞춰가는 일이라는 것, 엄마라는 역할은 내가 맞춰야 할 퍼즐의 한 조각일 뿐이라는 사실을 나는 극한의 우울증을 겪으며 깨달았다.

엄마라는 단 하나의 조각을 들고 어찌할 바 모르던 나를 구원해준 건 한 권의 책과 한 번의 모임, 그렇게 모이고 쌓인 시간과 공간, 그 안에서 펼쳐지고 쏟아진 이야기이다. 뚱뚱한 내 몸뚱이가 꼴 보기 싫을 때, 나만 찾는 아이가 숨 막히고 못난 엄마라는 죄책감에 시달릴 때, 평정심을 잃고 폭발하는 내 모습이 끔찍할 때, 펄떡펄떡 생기 넘치던 시절이 그리울 때. 그럴 때, 그런 순간 나를 일으켜 다시 채워준 건 언제나 책이었고, 그 이야기 안에서 나는 나의 감정과 기질을 마주하고 나의 상처를 발견했으며 나의 꿈을 되찾았다.

이 책은 흩어지고 사라진 삶의 조각들을 찾아가는 나의 이야기이자 지금 여기, 있는 그대로의 나를 사랑하며 행복해지는 법을 가르쳐준 책에 대한 이야기이다. 책은 내가 하는 일이 하찮고 부끄럽게 느껴질 때 용기를 주었고, 남편이 마냥 귀찮고 성가실 때 사랑을, 우리 아이만 뒤처지는 게 아닐까 초조해질 때마다 믿음을 주었다. 매일 반복되는 일상의 지루함을 없애준 것도 책이었으며, 오로지 아이로만 가득 찬 시야의 답답함을 부숴준 것도, 불안과 절망으로 가득 찬 내 마음에 희망을 넣어준 것도 책이었으므로…. 그 이야기는 곧 나의 이야기이자 당신의 이야기, 우리 모두를 위한 이야기이다. 더 많은 이에게 그 이야기가 닿길 바라는 마음을 여기에 담았다.

　　하루하루가 그저 버겁고 힘겨웠던 그때의 나에게 가장 간절했던 건 오롯이 나 혼자 존재할 수 있는 찰나의 시간과 비좁은 공간이었다. 다리를 구부리고 앉아야 하는 한 평일지라도, 있었는지도 모르게 사라지는 5분일지라도. 우리에겐 언제나 누군가의 무엇이 아닌 나 자신으로 숨 쉬고 생각할 수 있는 순간이 필요하다. 이 책을 펼쳐 든 그 시간, 그 장소가 바로 그런 순간의 작은 피난처가 될 수 있기를 바란다.

2018년 5월, 나의 작은 서재에서
김슬기

목차

변해버린
몸뚱이가
낯설 때

책을 읽기 시작한 건 2014년의 봄,

책모임을 시작한 건 같은 해의 가을이다.

책을 펼칠 여유도 없었던 시간을 지나

아이가 어린이집을 다니기 시작하자

찰나의 순간이나마 나를 위한 틈이 났다.

등원을 시키고 집에 돌아와

집안일을 하고, 장을 보고,

해야 할 일을 하다 보면 어느새 하원 시간.

특별한 사건 없이 매일 똑같이 흘러가는 하루가 아쉬워

책 읽기를 시작했고,

경력 단절로 마주한 고립감에서 탈출하고자

책모임에 들어갔다.

처음 참석한 모임은 30~40대 주부를 위한

'책과 나 돌봄: 나를 위한 치유의 시간'.

동네 도서관에서 모집 공고를 보았고

용기 내어 문을 두드렸다.

격주에 한 번씩 모여 심리학 도서를 주로 읽었고,

책을 통해 자신의 감정을 마주하고 이해하는 데 집중했다.

모임은 1년을 넘기지 못하고 해체되었지만
세 번의 계절을 함께하며
내 안에 숨어 있던 나를 만났다.
내가 왜 아이의 울음을 참을 수 없는지,
왜 끊임없이 소리를 지르는지,
나조차도 이해할 수 없는 나의 행동 속에 담긴
감정들을 돌아보며 나는 조금씩 가벼워졌다.

우는 날보다 울지 않는 날이 많아졌다.
죽고 싶은 날보다 그럭저럭 괜찮은 날이 많아졌다.
이해할 수 없는 나보다
그래, 그래, 토닥여줄 수 있는 '나'가 많아졌다.

책은,
내 마음을 들여다보는 거울이 되었다.

변해버린 몸뚱이가 낯설 때

．

．

．

"인생은 살이 쪘을 때와 빠졌을 때로 나뉜다." 헬스장 화장실에, 길거리에, 다이어트 제품 광고에 붙은 글귀를 볼 때마다 생각한다.

"웃기시네. 인생은 출산 전과 후로 나뉜다." 아직 그리 긴 인생을 살아보진 못했지만 그걸 굳이 둘로 나눠보라면 주저 없이 선택할 것이다. 여자의 인생은, 엄마가 아니었을 때와 엄마가 되었을 때로 나뉜다고.

도망칠 수 있다면 영혼이라도 팔겠어

출산 전과 후의 차이점은 너무도 많지만 그중 가장 큰 변화

변해버린 몸뚱이가 낯설 때

는 '나에 대한 평가'이다. 출산을 기점으로 '나'라는 인간에 대한 스스로의 평가가 완전히 뒤집혔으니까. 아이를 낳기 전까지, 엄마라는 이름을 얻기 전까지의 나는 자아도취형 인간이었다. '이 정도면 괜찮지 않나? 아니, 좀 많이 괜찮지? 멋지단 말이야' 하고 으쓱거리는…. 그게 진실이었든 착각이었든, 높은 자존감은 당당하고 행복한 삶을 선사해주었다.

하지만 병원에서 1주, 조리원에서 2주를 보내고 집으로 돌아와 밤새 수유를 하던 어느 날 새벽, 나는 삼킬 수 없는 눈물로 꺽꺽거리며 소리쳤다. "나는 젖소야, 젖소! 젖소, 그 이상도, 그 이하도 아닌 존재라고!"

내 존재의 이유가 '모유 공급' 단 하나로 느껴지던 시기는 금방 지나갔지만 그보다 더 혹독한 시기가 찾아왔다. 생후 50일경 시작된 영아 산통은 매일 밤 12시에 시작됐다. 숨이 넘어갈 듯 자지러지는 아이의 울음은 새벽 서너 시가 되어야 잠잠해졌다. 낮이고 밤이고 아이는 바닥에 누워서는 단 1분도 자지 못했다.

만 24개월이 될 때까지 1시간 이상 통잠을 자지 않고 밤새 깨서 울어대는 아이를 재우느라 나는 늘 밤을 새웠다. 유일하게 나를 도와줄 수 있는 남편은 매일 새벽 1시가 되어서야 퇴근을 했고, 나는 하루 24시간 먹고 자는 기본적인 생활조차 누리지 못한 채 한없이 추락했다.

　잠을 잘 수 없는 고통이란, 직접 당해보기 전까지는 조금도 가늠할 수 없는 것. 인간이 지속적인 수면 부족 상태에 놓이면 어디까지 추락할 수 있는지를 지독하게 경험하면서, 신혼의 향기를 내뿜던 우리의 보금자리는 13평의 훌륭한 감옥이 되었다. 굳게 닫힌 대문은 교도소의 철문보다 잔인하고 차가웠다.

　'저 문을 열고 도망칠 수 있다면, 나 혼자 훨훨 사라질 수 있다면, 내 영혼이라도 팔겠어!' 매일 현관문을 바라보며 기도하던 나는 인간의 탈을 벗어던진 짐승이 되었다. 끝없이 울어대는 아이를 안고 "도대체 나보고 어떻게 하라고!" 소리치며 아이보다 더 크게 울었고, 온몸을 비틀며 괴로워하는 아이를 이불 위에 거칠게 내던지고 돌아섰다. 그리고 베란다에 주저앉아 오열했다.

　'나는 인간도 아니야. 아이를 소파에 던져 죽인 여자와 내가 다를 게 뭐야? 뉴스를 보며 혀를 찼던 내가 가증스러워. 나는 운이 좋았을 뿐이야. 하필 그 순간 그곳이 소파의 딱딱한 모서리였다면 나도 살인자가 되지 말란 법이 없는 거잖아! 나는 아이를 낳지 말았어야 해. 나는 엄마가 될 자격이 없는 사람이야. 엄마가 되면 안 되는 사람이야. 아니, 사람도 아니지. 제 자식 하나 감당하지 못하는, 짐승만도 못한 존재라고!'

당신만 그런 게 아니라고, 그 누구라도 이런 상황에 놓이면 다를 수 없다고, 당신이 특별히 부족하고 못난 게 아니라고 끊임없이 이야기하는 남편의 말은 순간의 소리가 되어 의미 없이 흩어졌다. 나를 가득 채운 것은 오로지 단 하나, 극심한 자기 비하였을 뿐.

짐승만도 못한 나 자신을 마주해야 하는 하루하루는 견딜 수 없는 고통이었다. 해가 뜨면 하루가 또 시작되었다는 사실에 숨이 막히고, 해가 지면 고문의 밤이 찾아왔음에 절망하는 일상의 반복. 내가 알던 나와 너무도 다른 실제의 나를 대면해야 하는 육아는 그야말로 '멘붕'의 연속이었다.

몇 년이 지나서야 우리가 흔히 쓰는 '멘붕'이라는 표현이 '당황'이라는 감정의 다른 이름이며, 당황이라는 감정은 단순히 놀랍거나 다급한 상황에서만 발현되는 것이 아님을 알았다. 당황이란, 나도 내가 누구인지 모르겠다는 혼란과 내가 나를 믿지 못할 것 같다는 불안에 극심한 두려움이 일어나는 감정. 하루아침에 내 인생을 뒤집어버린 사건 앞에서 나를 사로잡은 감정은 바로 당황이었다.

내 안에서 소용돌이치고 있는 감정이 무엇인지, 그 중심에 무엇이 자리하고 있는지, 나를 관통하고 있는 감정의 실체를 알려준 건 한 권의 책이다. 브레네 브라운의 심리서《나는 왜 내 편이 아닌가》를 읽고 난 뒤, 나는 나를 뒤흔들며 파괴하는 감정이 '수치심'이라는 것을 알았다.

나를 꽁꽁 싸매고 있던 '수치심'

'나는 문제가 있어.' '나는 너무 멍청해.' '나는 세상에서 제일 형편없는 엄마야.' '나는 아무짝에도 쓸모없는 인간이야.' 내 안에서 끊임없이 나를 평가하며 비난하는 내면의 목소리, 세상에서 가장 지독하고 잔인한 평론가를 불러오는 감정, 이것이 바로 수치심이다.

수치심이란 남들 앞에서 이야기를 꺼내기도 창피하고 부끄러운 마음, 큰 죄를 지어 얼굴을 내미는 것도 떳떳하지 못한 마음이 전부인 줄 알았건만, 수치심 전문 연구자 브레네 브라운은 수치심을 '나에게 결점이 있어서 사랑이나 소속감을 누릴 가치가 없다고 생각할 때 느끼는 극심한 고통'이라 정의한다.

수치심의 실체는 죄책감과 비교할 때 더욱 명확하게 이해할 수 있다. 수치심과 죄책감은 모두 자기 자신에 대한 스스로의 평가이지만 공통점은 그것뿐. 죄책감은 '나는 나쁜 행동을 했다'

로 자신의 '행동'에 국한된 반면, 수치심은 '나는 나쁘다'로 자기 '존재'로까지 확대된 평가이다.

아이를 키우다 보면 나의 옳지 못한 행동을 자책할 때가 많은데, 나는 언제나 죄책감보다 수치심을 느꼈다. '아, 또 실수를 했네. 다시는 그러지 말아야지'가 아니라 '아, 정말 나는 엄마 자격이 없는 사람이야. 나 같은 사람이 아이를 키워도 되는 걸까? 난 정말 쓸모가 없는 사람이야'라고 생각했으니까.

내 '행동'에 대한 반성보다 나의 '존재'에 대한 부정적 평가를 내리게 하는 감정이 수치심이었다니. 오랫동안 나를 꽁꽁 싸매고 있던 감정이 바로 수치심이었음을 그제야 깨달았다.

나를 파괴하고 망가트리는 수치심이 생겨나는 이유는 '…해야 한다'는 뜻의 'should be'! 우리를 둘러싼 '사회와 집단의 기대'에 있다.

- 나는 …가 되어야 한다(who should be).
- 나는 …를 해야 한다(what should be).
- 나는 …게 해야 한다(how should be).

여성이라는 이유로, 엄마라는 이유로 감당해야 하는 'should be'가 얼마나 많은가. '좋은 엄마가 되어야 한다'를 시작으로 '자연분만을 해야 한다' '모유 수유를 해야 한다' '세 돌까지는 엄마가 아이를 키워야 한다' '일관된 양육 태도를 가져야 한다' 등 육아 지침은 넘쳐난다.

우리를 수치심에 빠트리는 거미줄은 끝이 없고, 우리는 그 수많은 기대를 모두 충족할 수 없다. 날씬해야 하지만 몸무게에 집착해서는 안 되고, 자기 관리를 완벽하게 해야 하지만 가족과 일에 소홀해서는 안 되고, 아이에게 헌신적인 사랑을 주어야 하지만 나의 일과 경력도 포기해서는 안 된다니!

무엇을 선택해도 충족할 수 없는 기대 속에서 나는 끊임없이 수치심을 느끼며 나 자신을 비난하고 혐오했다. 엄마 자격도 없는 뚱뚱한 내 몸뚱이가 꼴 보기 싫었고, 내가 이 세상에 존재해야 하는 이유를 찾을 수 없었으며 그저 이 세상에서 사라지고만 싶었다.

우리 엄마 같은 엄마가 되려고 애쓰지 않기

하지만 영원할 것만 같은 '수치심→비난→자기혐오→수치심'의 끔찍한 굴레에도 출구는 있다. 수치심을 느낄 때 재빨리

제자리로 돌아오는 기술, 즉 '수치심 회복 탄력성'을 기르는 것이다. 저자가 제안하는 방법은 수치심을 유발하는 촉매제를 알아차리는 것. 무엇이 나에게 완벽주의를 강요하며 수치심을 느끼게 하는지, 나만의 수치심 촉매제를 찾아 이해하라는 말이다.

일과 육아를 완벽하게 해내는 '슈퍼' 워킹맘으로 보이고 싶었던 저자의 솔직한 이야기에 끄덕끄덕 공감하다 발견했다. 나의 촉매제가 바로 '우리 엄마'라는 것을. 세상에나!

언제나 깨끗한 집, 풍성한 엄마표 간식과 화려한 밥상, 무한한 이해와 배려, 넘치는 사랑으로 지독하게 예민하고 까탈스러운 나를 감싸준 우리 엄마는 누구나 달성 가능한, 보편적이고 현실적인 엄마가 아니었다. 문제는 내가 그걸 몰랐다는 것. 나는 엄마 딸이니까, 그런 사랑을 받았으니까, 나도 당연히 우리 엄마 같은 엄마가 될 수 있을 거라고 착각했다. 내가 아는 엄마의 모습은 우리 엄마가 전부였고, 내가 생각하는 엄마의 기준은 우리 엄마 하나였다. 나는 우리 엄마가 높여놓은 엄마의 기준을 바라보며 아등바등 노력했지만 아무리 애를 써도 거기에 닿을 수 없었고 "난 널 업고 밤새도록 동네를 걸어 다녀도 힘들다는 생각 안 하고 키웠는데? 마냥 예뻐서 말이야"와 같은 엄마의 말은 내가 자격 미달자라는 생각을 불러왔다.

'나는 왜 아이가 예쁘다는 것보다 힘들다는 것을 강하게 느끼지? 왜 나는 엄마 같은 사랑을 주지 못하지? 왜 나는 받은 것을 전해주지 못하지? 왜 나는 이것밖에 안 되지? 아. 내가 이것밖에 안 되는 인간이라 그렇구나. 나는 엄마가 되기에는 부족한 사람이구나. 나 같은 사람은 아이를 키울 자격이 없지 않을까?'

수치심. 나를 지배한 감정은 언제나 수치심이었고, 나에게 육아란 나는 결코 우리 엄마 같은 엄마가 될 수 없음을 처절하게 확인하며 증명해가는 과정이었다.

나는 더 이상 우리 엄마 같은 엄마가 되기 위해 애쓰지 않기 시작했다. '우리 엄마 같은 엄마가 되어야 한다'라는 '…해야 한다'를 버리는 것! 이것이 수치심의 굴레에서 벗어나기 위한 나의 첫걸음이었다.

'매 끼니 맛있는 음식을 만들어 먹이지 못하면 어때? 집이 좀 더러우면 어때? 언제나 일관된 양육 태도를 고수하지 못하면 어때? 좋은 엄마, 훌륭한 엄마가 안 되면 어때? 꼭 좋은 엄마가 되어야 하나? 이렇게 하면 좋은 엄마이고, 저렇게 하면 훌륭한 엄마라는 틀은 대체 누가 정해놓은 거지? 지금 내가 좇고 있는 좋은 엄마라는 목표는 어디서 생겨난 걸까? 내가 내 안에서 만들어낸 모습일까? 세상이 나에게 요구하고 강요하는 틀은 아닐까?'

좋은 엄마라고 인정받지 않아도, 우리 엄마 같은 엄마가 되지 않아도, 한 아이의 엄마로 그저 열심히 하루를 보냈다면 그것만으로 충분하다는 생각, 너무 애쓰지 않아도 괜찮다는 마음이 있었다면 그렇게 지독한 수치심에 사로잡혀 괴로운 시간을 보내지 않았을 터. '이걸 왜 이제야 알았을까!' 아쉽고 안타깝기도 했지만, 이제라도 깨달을 수 있어 다행이라고 감사하며 나는 내 목을 조르고 있는 '해야 한다'를 찾아 버리고 또 버린다.

살을 빼도 왜 수치심은 안 빠질까

《나는 왜 내 편이 아닌가》는 다양한 종류의 수치심을 다루는데, 모성과 관련한 수치심 못지않게 공감했던 주제가 '바디이미지'로 인한 수치심이다. 바디이미지란 '나 자신이 나의 몸에 대해 갖는 생각과 느낌'인데, 애석하게도 나는 언제나 통통한 내 몸매가 부끄러웠고, 늘 극심한 수치심을 느끼며 다이어트에 시달렸다.

내 몸에 부끄러움을 느끼기 시작한 건 사춘기가 극에 달한 중학교 2학년 무렵. '중2병'의 시작은 외모에 대한 관심이었고, 그 관심은 자연스레 다이어트로 연결됐다. 오로지 살 빼기에 집중하며 사춘기 시절을 보냈지만 수험생활 3년 만에 몸무게는 기하급수적으로 올라갔고, 수능 시험을 마치고 돌아온 나에게 남은 것은 견딜 수 없는 허탈감과 70kg이 넘는 몸무게뿐이었다.

나의 대학생활은 다이어트로 시작했다. 입학과 동시에 안 해본 다이어트가 없을 정도로 수많은 다이어트를 시도했지만 몸무게는 만족스럽지 않았고, 지독한 다이어트 끝에 돌아오는 건 극심한 강박증과 폭식증뿐이었다.

나에 대한 혐오가 절정으로 차오를 무렵, 자기보다 10kg이 더 나가는 여자에게 "지금 이대로 너무 예쁘다. 뺄 살이 어디 있다고 하는지 모르겠다"라고 말하는 남자친구를 만나기 시작했고, 그의 집요한 설득과 감언이설에 넘어가 무리한 식이조절을 그만두었다.

덩치만 컸지 늘 골골대며 병치레가 잦은 나에게 그는 운동을 권했고, '일주일에 딱 한 번만 30분 이상 걷기'를 시작으로 주 2회, 주 3회로 횟수를 늘려가며 운동하는 일상을 만들었다. 그와 6년을 만나면서 1년에 1kg씩, 비록 눈으로 확인하긴 어려운 속도지만 꾸준히 살이 빠졌다. 결혼 준비를 하는 1년 동안 다시 식이조절을 시작해 6kg을 감량한 결과 몰라보게 날씬해진 몸으로 결혼식을 올렸지만, 결혼 3주 만에 임신을 하면서 내 몸은 다시 부풀어 올랐다.

투실투실한 몸이 익숙함에도 불구하고 임신과 출산으로 인한 몸의 변화를 받아들이는 것은 힘겨웠다. 끝없이 거대해지는 가슴, 나날이 굵어지는 허벅지와 무거워지는 엉덩이. 옆구리와 배에는 보기 흉한 튼 살 자국이 가득했고, 출산 후에는 볼 때마다 외면하고 싶은 기다란 칼자국이 선명한 흉터로 남아, 두둑한 뱃살이 울퉁불퉁 요철의 뱃살로 업그레이드되었다. 1년간의 수유가 끝난 뒤 나에게 남은 건, 쭈글쭈글 바람 빠진 풍선처럼 탄력을 잃은 채 늘어진 가슴뿐이었다.

TV 속 엄마들은 임신 중에도 출산 후에도 여전히 가녀린 몸매로 날씬한 S라인을 뽐내건만, 거울 속의 내 모습은 차마 눈뜨고 봐줄 수 없는 망측한 상태. 꼴도 보기 싫은 몸뚱이를 벗어나고 싶어 여러 번 다이어트에 도전했지만, 제대로 잠도 잘 수 없는 '독박 육아'의 늪에서 다이어트는 언제나 3일을 넘기지 못하고 실패했다.

연이은 실패와 우울증은 절식과 폭식이라는 식이장애를 불러왔고, 콩나물국밥 한 그릇을 다 먹고도 한 봉지 가득히 사 온 빵과 과자를 끝없이 입으로 밀어 넣는 내 모습을 매일 마주했다. 아무리 다짐을 하고 마음을 잡아도 심각한 폭식을 멈출 수 없었다. '이게 정말 인간의 모습인가, 사람의 몸을 하고 이렇게 무식

하게 처먹을 수 있는 건가' 나 자신에 대한 환멸과 혐오가 경계
선을 넘어가기 시작할 무렵, 남편은 나에게 거금을 건네주었다.

이걸로 일대일 PT를 받든, 다이어트 컨설팅을 받든, 사고 싶
은 물건을 사든, 그게 무엇이든 지금 당장 당신의 우울하고 힘든
마음을 달랠 수 있는 방법을 찾아 시도해보라며 독려해준 남편.
그 따뜻한 배려와 응원에 힘입어 나는 감히 생각지도 못했던 고
가의 다이어트 컨설팅을 받았고, 한 달 만에 8kg을 감량해 결혼
식 날보다도 날씬한 몸매를 만들었다.

그런데 정말 아이러니한 건, 그렇게 체중이 줄었음에도 불구
하고 거울 속의 내 모습은 여전히 추했다는 것이다. 어찌 보면
당연한 일일지도. 임신 전보다 날씬해졌다지만 여전히 몸무게는
50kg대 중반이었으니, 44사이즈도 헐렁한 연예인 몸매, 이리저
리 수정하고 보정한 포토샵 몸매에 익숙해진 눈에 겨우 그런 몸
이 예뻐 보일 리가 있겠는가. 부끄럽기 짝이 없는 내 몸은 여전
히 수치심을 유발할 뿐이었다.

살을 빼기 전에는 살만 빼면 모든 게 달라지고 완성될 거라
고 생각했건만, 거울 속의 나를 보며 한숨 쉬는 것도, 내가 나를
사랑하지 못해 괴로운 것도 그대로였다. 거울 속의 내 모습은 내
눈에 익숙한 화면 속 그들의 모습과 언제나 판이한 차이를 보였

고, 내가 내 몸을 들여다보며 자신감을 느낄 만큼의 몸매가 된다는 건 사실상 불가능함을 아프게 깨달았다.

몸무게를 공개하다

브레네 브라운은 세상이 만들어낸 '기대치'와 '현실' 사이의 괴리를 깨달아야 한다고 말한다. 내가 처해 있는 상황에서 한발 물러나 큰 그림을 봐야 한다고, 나의 수치심을 촉발하고 부채질하는 사회와 공동체의 기대를 비판적으로 바라볼 줄 알아야 한다고. 그리고 제안한다. 이런 질문을 던져보라고.

- 외모에 대한 사회와 공동체의 기대는 무엇인가?
- 왜 이런 기대가 존재하는가?
- 이런 기대가 어떻게 작용하는가?
- 우리 사회는 이런 기대들로부터 어떤 영향을 받는가?
- 이런 기대들로 수혜를 입는 이들은 누구인가?

미용·다이어트·화장품·성형업계는 매년 엄청난 돈을 벌어들인다. 대부분의 여성이 스스로를 너무 뚱뚱하고 못생겼다고 생각하며 수치심을 느끼는 덕분에! 외모가 여성을 평가하는 중요한 잣대가 되고, 화장이나 다이어트가 당연히 해야 하는 의무가 된 것은 여성을 억압하고 차별하려는 남성 중심적 사회의 결과물이다. 이는 결코 자연스러운 현상이 아니다. 특정한 의도 속에서 만들어진 '강요된 기대'일 뿐.

우리는 왜 TV 속 연예인처럼 날씬해져야 할까? 왜 아름다움에 대한 기준이 단 하나여야만 할까? 어째서 여자는 임신과 출산으로 인한 자연스러운 몸의 변화를 부정하고 극복해내야만 할까?

날씬한 몸매와 아름다움을 부추기고 강요하는 그들의 기대를 비판적으로 인식할 때 우리는 수치심에서 좀 더 쉽게 벗어날 수 있다고, 나를 둘러싼 맥락을 이해하는 건 책임을 전가하거나 회피하는 것이 아니며 '나만 이렇게 형편없다'는 부당한 생각에서 벗어나기 위한 첫걸음이라고 말하는 책을 만났다. 그래서 나는 시작했다. 다이어트를 하지 않는 다이어트! 체중 감량은 하지 않는 다이어트!

20년 넘게 왜곡해왔던 바디이미지에서 벗어나기 위한 첫발을 내디뎠다. 시작은 살찐 내 모습을 교정해야 할 대상으로 여기지 않기. 어떻게 하면 하루라도 더 빨리 살을 뺄 수 있을까 고민하며 조급해하던 마음을 내려놨다. 살찐 나를 한심하고 흉측한 상태라고 여기며 감추고 외면하던 나와도 이별했다. 살이 쪘거나 빠졌다고 해서 나의 존재 가치가 달라지는 것이 아니라는 사실을 인지하기. 뚱뚱하든 날씬하든 나는 언제나 소중하고 값진 존재라는 진리를 당연하게 존중하려 노력한다.

산후 다이어트에 성공한 나에게 남은 건 엄청난 체력 저하와 잦은 병치레, 생리 불순과 다이어트에 대한 강박증이었다. 날씬해진 몸에 대한 만족감도 있었지만 이 모두를 상쇄할 만큼의 달콤함은 아니었다. 걸핏하면 짜증을 내며 하루가 멀다 하고 몸져누워 있는 엄마의 모습에서 벗어나고 싶어, 철저하게 제한했던 섭취량을 늘리기 시작했다. 극복한 줄 알았던 폭식증이 다시 찾아오며 몸무게는 슬금슬금 올라갔다. 호환, 마마보다 무섭다는 '요요'! 요요의 덫에 빠져든 것이다.

살을 빼는 데 큰돈을 쓰고 또다시 살이 쪄 퉁퉁한 몸이 되었으니 '아, 도대체 나란 인간은 어떻게 생겨먹은 것인가' 자책하고 절망하기 딱 좋은 상태, 다이어트 전보다 더 깊은 우울에 빠져 있어야 자연스러울 상황이다. 하지만 나는 그 어느 때보다도 편안한 마음으로 있는 그대로의 내 몸을 사랑한다. 나에게 비정상적으로 날씬한 몸을 끝없이 강요하는 게 누구인지, 그들이 왜 왜곡된 바디이미지를 앞세워 나의 수치심을 자극하는지 비판적으로 인식할 수 있고, 여성의 아름다운 몸과 건강에 대해 이야기하고 목소리 높이는 책을 만났기 때문에. 그리고 '말하기'가 선사하는 엄청난 마법을 경험했기 때문에.

"제 몸무게는 62kg입니다." 나는 블로그에 내 몸무게를 공개했다. 단 한 번도 말해본 적 없는 몸무게를 불특정 다수의 사람들에게, 가장 가까이 있는 남편에게 처음으로 이야기한 것인데, 입을 열어 내뱉고 나니 세상에나 이렇게 허무할 수가! 그렇게 꽁꽁 감춰왔던 시간이 억울할 만큼, 그건 아무것도 아니었다. 체중계의 숫자는 정말 아무것도 아니었다. 평생 감춰왔던 나의 가장 은밀한 비밀을 만천하에 공개하면서 상상할 수 없었던 자유를 얻었다.

'왜? 62kg이 왜? 여자는 다 48kg이어야 하나? 어떻게 160cm의 미용 체중이 47kg인 거야? 이성이 좋아하는 몸무게가 47kg이라고 정해놓은 게 대체 누구야? 나보고 지금 산송장이 되라는 거야? 왜 모두가 삐쩍 마른 몸매가 되어야 하지?'

나는 이제 쉽게 말한다. 160cm에 62kg이 부끄럽지 않고, 그런 내 몸을 미워하지 않는다. 체중 감량을 위한 다이어트는 하지 않는다. 다이어트를 하지 않는 다이어트! '살은 안 빠져도 좋다.

잘못된 다이어트가 불러온 식이장애를 극복하자. 보다 건강한 몸과 마음을 갖기 위해 노력하자'라고 다짐하며 내 몸과 마음의 소리에 귀를 기울인다.

대한민국에 사는 여성 중 몸매에 대한 세상의 기대로부터 자유로운 사람이 얼마나 있을까. '모성'과 '바디이미지'라는 거미줄에 칭칭 감겨 고통받고 있는 우리들에게 필요한 것은 연대와 말하기, 그로 인해 되찾게 될 자유다.

브레네 브라운은 말한다. 진정한 용기는 '내가 누구인지에 대해, 그리고 내가 경험한 것이 무엇인지에 대해, 그것이 좋든 나쁘든 솔직하고 당당하게 말하기 위해 필요한 내면의 힘과 진실함'이라고. 진심에서 우러나 자기 생각을 말하는 것이야말로 '평범한 용기'이고, 이러한 용기가 바로 우리가 갖춰야 할 힘이자 퍼트려야 할 가치라고.

나는 말하기의 힘을 체험했다. 평범한 용기는 믿을 수 없을 만큼 커다란 힘을 가져다주었고, 수치심에 사로잡혀 나 자신을 혐오하고 부정하기 급급했던 나를 구원해주었다. 나는 나를 비하하기 바빴던 어제와 이별했다. 나를 지배하는 감정의 실체도 알지 못한 채 끌려다니는 실수 또한 반복하지 않을 것이다.

그래서 책을 읽는다. 인간이 가진 다양한 감정을 깊이 있게 고찰하는 책, 감정의 이면에 숨겨진 인간의 민낯을 보여주는 책, 외면하고 싶은 감정들을 정면으로 마주하게 도와주는 책. 그렇게 찾은 감정의 조각을 들고 말할 것이다. 내가 누구인지에 대해, 내가 경험한 것이 무엇인지에 대해. 용감하게, 진실하게. 있는 그대로의 나를 사랑하며 소중히 여길 줄 아는 우아함을 그리며 산다. 나는, 지금 모습 그대로 아름답다.

변해버린 몸뚱이가 낯설 때

못난 엄마라는
죄책감에
시달릴 때

단체보다 개인을 선호한다.

떠들썩함보다 고요를 갈망한다.

혼자가 편한 사람, 혼자여야 하는 사람,

혼자일 수 없으면 병이 나는 사람이다.

상처받을까 봐 두려워 숨고,

오해가 생길까 봐 입을 다물던 내가 책모임을 만들었다.

첫정을 듬뿍 주었던 모임이 사라진 탓에,

마땅한 곳을 찾을 수 없었던 탓에,

그 언젠가를 기다릴 수 없었던 탓에

나는 기꺼이 내 손으로 우물을 팠다.

시작은 온라인 모임이었다.

부담스럽지 않게 할 수 있는 일.

한 숟갈의 용기만 넣어도,

한 그릇의 열정만 있어도 할 수 있는 일.

밴드를 만들어 사람들을 초대하고

추천도서를 받아 투표했다.

한 달에 두 권의 책을 선정했지만

완독에 얽매이지 말자 이야기했다.

책을 보고, 고르고, 집어 들어

식탁 위에, 책상 위에 올려두는 단계까지.

책을 생각하고, 곁에 두고, 눈길을 주며

읽는 '척'이라도 하는 모임을 목표로 했다.

함께 고른 책이 2권, 4권, 6권, 8권, 곱절로 늘어났다.

함께 고르지 않았다면 선택하지 않았을 책도

덩달아 쌓여갔다.

책모임은 우연을 데려온다.

평소의 나라면 절대 펼치지 않았을 책과의 만남.

예기치 않은 만남은 종종 운명이 된다.

내가 이 책을 읽지 않았다면…

내가 이 책을 몰랐다면…

상상만으로도 아찔해지는 순간, 그 짜릿한 순간.

우연의 탈을 쓴 운명을 기대하며 오늘도 함께한다.

책이, 내 등을 떠밀어준다.

못난 엄마라는 죄책감에 시달릴 때

-
-
-

"득도를 하고 싶다면 아이를 키워야 해. 속세를 떠나 산속에서 혼자 하는 수양은 입문 코스지. 정신 수양을 제대로 하려면 집에서 혼자 아이를 키워야 한다니까!"

아이를 키우며 가장 많이 했던 말, 여전히 많이 하는 말. 육아에 지칠 때마다 남편에게 열변을 토하며 내뱉은 넋두리다.

'엄마 체질'인 사람

나에게 육아란 세상에서 가장 어려운 일, 그 어떤 일보다 힘겨운 일. '내가 이렇게 신경질적인 사람이었나? 내 인내심이 고작 이만큼이었나? 내가 이 정도밖에 안 되는 인간이었나?' 감히

못난 엄마라는 죄책감에 시달릴 때

상상할 수조차 없었던 나의 민낯을 대면하게 만드는 이 작고 순수한 생명체 앞에서 나는 늘 좌절한다. 꽤 괜찮은 인간이라고 믿어왔던 내 모습이 사실은 허울 좋은 포장에 불과했음을 끊임없이 확인하는 일이란, 시간이 지나도 좀처럼 무뎌지지 않는 괴로움이다.

이제 여섯 살이 된 아이를 데리고 다니다 보면 수시로 질문이 날아든다. "애가 애 하나예요? 둘째는 안 가져요? 더 늦기 전에 얼른 하나 더 낳아야지. 하나는 외로워서 못써요." 뭐라고 대답을 하든 '무조건 낳아라, 얼른 낳아라, 꼭 낳아라'로 마무리되는 걸 알기에 이제는 웃으며 대답한다. "네. 그래야지요."

하지만 나는 둘째를 계획하지 않는다. 생각만으로도 가슴이 꽉 막혀오니까. 나에게 두 번째 출산이란 상상만으로도 엄청난 압박과 불안, 공포를 가져오는 일. 절대 피하고 싶은 일. 결코 맞닥뜨리고 싶지 않은 일. 뭐든 솔직하게 이야기할 수 있는 남편에게는 있는 그대로 말한다.

"나는 엄마 체질이 아니야. 엄마가 적성에 맞는 사람이 아니라니까? 아이가 너무 예쁘고 사랑스럽지만, 하루 종일 나만 찾으며 매달리는 게 부담스럽고 숨이 막힐 때가 많아. 그럴 땐 정말 도망가버리고 싶고 이 자리에서 딱 없어져버렸으면 싶거든.

그냥 죽고 싶었던 시간을 지나 이제 겨우 숨 돌리며 살고 있는데… 그걸 또 하라고? 또 해야 한다고? 난 못 해. 절대 못 해. 난 못 해, 자기야. 안 하는 게 아니고 정말 못 하는 거야."

좀처럼 꺼내지 않는 속마음이지만, 둘째 계획을 반복해서 물으며 채근하는 지인들에게는 진심을 이야기하기도 한다. 그럼 모두가 입을 모아 이렇게 말한다.

"세상에 엄마 노릇이 체질에 맞는 사람이 어디 있니? 다 참고 버티면서 하는 거야. 힘들지만 그만큼 또 예쁘고 소중하잖아. 그거 보면서 힘든 건 또 잊어버리고 그러는 거지. 뭐 나는 엄마가 적성에 맞아서 셋을 낳아 키우겠니? 일단 낳으면 그냥 또 다 하게 돼 있어. 쓸데없는 생각 하지 말고 일단 낳아봐. 그럼 내가 왜 진즉에 둘을 안 낳았을까 후회할걸?"

이런 말을 들을 때마다 폭풍우가 몰려온다. '다른 엄마들은 아무렇지 않게 참고 버티는 일을 왜 나만 이렇게 힘들다, 죽겠다 할까? 왜 나는 그게 안 될까? 왜 나는 둘째를 상상하는 것만으로도 숨이 턱턱 막히는 공포를 느낄까? 나는 인내심도, 아이를 사랑할 능력도 없는 사람인 걸까? 나는 왜 이 모양이지?'

자괴감과 절망감의 끝은 언제나 수치심이다. 나 자신을 향한

못난 엄마라는 죄책감에 시달릴 때

실망과 환멸, 경멸. 나는 때때로 이 벗어날 수 없는 늪에 빠져 허우적댄다.

생각이 너무 많은 사람

아무리 애를 써도 나오지 않는 답을 부여잡고 낑낑거리고 있을 때, 한 권의 책이 날아왔다. 쯧쯧쯧, 혀를 차면서 내 귀에 조용히 속삭였다. '넌 아직도 네 자신에 대해 모르고 있구나? 바보처럼 거기 그렇게 박혀 있지 말고 내 얘기를 들어봐.'

예민한 사람, 유별난 사람, 까다로운 사람, 불평이 많은 사람의 생존 전략을 담은 책《나는 생각이 너무 많아》는 사소한 것 하나도 가벼이 넘기지 못하는 사람들에게 말한다. "당신은 '정신적 과잉 활동인'입니다."

- 남들보다 예민한 오감으로 불편함을 자주 느낀다.

- 주위 사람들의 감정을 본능적으로 감지하고 쉽게 상처받는다.

- 수면 시간을 낭비라고 생각하며 잠을 줄이려 한다.

- 완벽함을 추구하며 자기 자신을 몰아친다.

- 위계질서를 존중하지 않아 윗사람들과의 관계에서 어려움을 겪는다.

"어머, 어머, 맞아요! 맞아요! 제가 그래요!" 용한 점쟁이 앞에서 호들갑스럽게 감탄하는 사람처럼 끝없이 공감하며 몸서리쳤다. 내가 누군가. 예민함의 대명사 '김별나'가 아닌가. 어릴 때부터 '김슬기'란 이름 대신 '김별나'로 불리던 나는 언제나 까다롭고 피곤한 아이였다. 치즈 냄새를 맡으면 머리가 아프다며, 피자를 시키면 방에 들어가 문을 닫아버리는 소녀가 자라 싫어하는 것이 수천 개도 넘는 까칠한 여자가 되었고, 결혼을 한 여자는 "보디샴푸 두 번 짜서 샤워했지? 냄새가 너무 진해서 숨 막히잖아!" 짜증 내는 아내가 되었다.

별거 아닌 일에도 불평을 늘어놓는 투덜이, 인내심이 부족하고 제멋대로인 독재자. 그런 나에게 이 책의 저자 크리스텔 프티콜랭이 말했다. 그건 모두 멈추지 않는 두뇌를 갖고 있기 때문이라고. 너무 활발하게 돌아가는 두뇌를 가진 사람이라서, 특별히 똑똑한 사람이라서 괴로움을 겪고 있는 거라고. 프랑스의 유명한 심리치료사인 그는 남달리 예민한 지각과 명석한 두뇌를 가지고 태어난 우뇌형 인간을 '정신적 과잉 활동인'이라 명명한다. 그들은 본인 스스로 절대 인정하지 않지만 타고난 영재성 때문에 괴로움을 겪는다. 그들과 다른 다수의 사람에게 비난과 조롱을 받을 수밖에 없기 때문이다.

정신적 과잉 활동인의 예민한 오감은 '유별나고 참을성 없는 사람'이라는 평가를 불러온다. 사소한 것에 신경을 쓰며 완벽함을 추구하는 성격은 '강박관념이 있는 까다로운 사람'으로 인지된다. 상대의 지위보다 실력과 능력을 중시하는 성향은 '예의가 없고 되바라진 놈'이라는 꼬리표를 달고 온다. 그들은 그렇게 평가받고 판단된다.

사람들은 나와 다른 이들의 성격을 있는 그대로 이해하지 않는다. 많은 경우 우리는 타인의 성격에 대해 '좋다-나쁘다' 차원의 판단을 먼저 하고, 눈앞에 보이는 행동을 나의 기준에서 평가한다. 그리고 아주 쉽게 이야기한다. "쟤는 너무 이기적이야." "걔는 어쩜 그렇게 게으르니?" "저렇게 산만해서 무슨 일을 제대로 하겠어?" "세상에서 자기가 제일 잘난 줄 안다니까?" 이런 말은 이제 겨우 서너 살이 된 아이를 향해서도 쏟아진다.

아주 어릴 때부터 자기주장이 뚜렷했던 나에게는 '불여시'라는 말이 날아왔다. "어우, 여시 여시 불여시. 아주 보통이 아니라니까." 비난과 질책이라기보다 애정과 감탄이었을 것이다. 귀여워서, 놀라워서, 기특해서 뱉는 말이었을 것이다. 하지만 나는 그걸 이해할 수 없는 나이였다. 어른들이 던진 말은 견고한 프레임이 되어 나를 가뒀다. 성장 과정 내내 나를 향한 평가와 판단이 더해졌고, 이제는 누가 뭐랄 것도 없이 나 자신을 '예민하고 까다로운 사람, 냉정하고 무서운 사람, 신경 쓰는 게 너무 많아 피곤한 사람'이라 소개했다. 물론 부정적인 이미지를 한껏 덧씌 워서.

'그게 맞아? 그게 진짜 너야?' 의심 없이 믿어왔던 생각에 물 음표가 날아왔다. 한 권의 책이 나에게 물었다. '네가 생각하는 네 모습이 진짜 맞아? 네가 하고 있는 평가가 제대로 된 거 맞 아? 남들과 다른 네 모습을 정확하게 알고 있는 거야? 네가 다른 사람들과 무엇이, 어떻게, 얼마나 다른지 분명히 알고 있니? 나 를 제대로 알지도 못한 채 다른 사람들의 부정적인 평가에 휩쓸 려버린 건 아니야? 끝없이 쏟아지는 판단 속에서 제멋대로 일그 러진 생각을 진짜라고 착각하는 건 아니야?' 지구 반대편에 사 는, 불어를 쓰는, 금발머리의, 한 번도 만나본 적 없는, 이 세상에 살고 있는지도 몰랐던 여자가 나에게 말했다.

"당신은 지독하고 유난스러운 불여시가 아니라 똑똑한 사람 이에요. 동의하기 어렵겠지만 당신의 가장 큰 문제는 바로 당신 의 두뇌 활동입니다. 당신은 보통 사람보다 분명히 머리가 좋은 편이고, 이건 매우 객관적인 진단입니다. 당신의 그런 특성은 우수한 두뇌에서 기인한 것으로, 당신은 80%의 보통 사람들과는 다른 특별한 존재입니다. 당신은 결코 혼자가 아니에요. 여기 당신과 같은 사람들의 이야기가 있어요. 지금 이 순간 세계 곳곳에서 같은 어려움을 겪고 있는 이들의 이야기를 들려줄게요. 신기하죠? 혼자가 아니라는 안도감과 깊은 위로가 밀려오죠? 자, 이제 내 손을 잡아봐요. 내가 도와줄게요. 우리 함께 우리가 가진 잠재력을 키워봐요. 우리의 '유별남'은 '특별함'이 될 수 있어요. 내가 몇 가지 생존 전략을 알려줄게요."

우연히 날아온 책이 운명이 되는 순간. 온몸에 소름이 돋는 순간. 이 책을 읽지 않았으면 어쩔 뻔했나, 도대체 어떻게 살 뻔했나! 이 책을 만날 수 있게 해준 하늘에 감사하며 절이라도 올리고 싶은 순간. 책보다 멋진 선물은 이 세상에 존재할 수 없다는 생각이 드는 순간. 그런 순간 나는 부르르 몸을 떤다. 책 읽기가 필요한 순간은 바로 이런 순간일 것이다. 공동체 속에서 수많은 평가와 판단의 제물이 되는 순간. 대다수의 말들이 나 자신에 대한 부정적인 믿음을 만들어버리는 순간. 쏟아지는 비판 속에서 진짜 내 모습을 발견할 기회를 잃어버린 순간. 내가 나라서 너보다 나를 모르고, 내가 나라서 너보다 나를 생각하지 않는, 그런 순간.

세상에, 나만 그런 게 아니었어!

그런 순간은 어느 날 갑자기, 예고 없이 찾아온다. 일자 샌드의《센서티브》역시 그렇게 날아왔다. 좀처럼 벗어날 수 없을 것 같았던 엄마로서의 수치심을 떨쳐내준 일자 샌드는 민감한 사람들에게 부모의 역할이 얼마나 힘겨운 일인지 설명한다. 이 책을 통해 알게 된 놀라운 사실! 잠시의 쉴 틈도 주지 않고 "엄마, 엄마, 어디 있어?" 소리치는 아이의 목소리가 너무 힘겨워 자녀를 갖지 않거나 한 명만 갖는 사람들이 세계 곳곳에 있다는 것이다. 세상에! 나만 그런 게 아니었어!

그녀는 소개한다. 자신의 강의를 듣는 사람들 중에는 십 대의 자녀와 함께 사는 게 너무 힘들어(너무 시끄럽고 혼란스럽고 예측 불가능해서) 자녀에게 나가 살 것을 권하며 독립을 시킨 부모도 있다고. 그리고 고백한다. 멀리 갈 것도 없이 글을 쓰는 내가 그렇다고. 나는 아이들이 어릴 때부터 등원 준비를 시키지 않았고, 아이들이 학교에 갈 때까지 방에서 나오지 않는다고. 아침에 일어나서 정신없이 실랑이를 벌이며 등교를 시키고 나면 일에 집중할 에너지가 전부 사라지기 때문에, 아이들이 집을 나설 때까지 귀마개를 하고 침대에 누워 있는다고 말이다!

그녀는 때때로 미안함을 느끼지만 자신에게는 그럴 능력이 없다는 걸 받아들인다고 했다. 반복되는 스트레스에서 벗어나기 위한 방법을 선택하기. 현실을 인정하고 더 이상 나 자신에게 화 내지 않기. 이것이 그가 택한 방식이고, 아이들은 그런 엄마 밑 에서도 자립적으로 잘 살아가고 있다는 이야기를 듣는데 내 가 슴이 울컥, 쏟아졌다.

나는 아이를 18개월부터 어린이집에 보냈다. 워킹맘도 아니 면서 18개월밖에 안 된 아이를 기관에 보내는 것이 과연 올바른 행동인가. 보내기 전은 물론이요, 아이를 보내는 내내 걷잡을 수 없는 회의에 시달렸다. 그럼에도 불구하고 어린이집을 선택한 건 남편의 단호한 결정 때문이었다.

"당신이 어떻게 생각하든 상관없어. 우린 3월부터 무조건 어 린이집에 보내는 거야. 당신은 혼자 있는 시간이 필요해. 다만 몇 시간이라도 아이와 떨어져 있을 수 있어야 해. 18개월에 어린 이집을 보내는 게 뭐 어때? 내가 힘들면 도움을 받는 거야. 지금 우리가 도움을 받을 수 있는 게 어린이집뿐이고. 살고 싶지 않을 만큼 괴롭고 힘든 걸 왜 억지로 버텨야 해? 그렇게 하는 게 좋은 엄마라고 누가 그래? 그렇게 말하는 본인들이나 그렇게 하라고 해. 우리는 우리대로 하면 되는 거야. 우리는 어린이집에 보내는 거야. 다른 선택지는 없어. 여기에 대해서는 더 이상 고민하지 말고 그 시간에 뭘 할지, 뭐가 하고 싶은지만 생각해."

언제나 내 생각을 우선하던 사람이 조금의 여지도 없이 강하게 밀어붙이니 저항할 수 없었다. 아니, 어쩌면 못 이기는 척 따랐을지도. 나는 그렇게 자의 반 타의 반 어린이집을 선택했는데, 처음에는 집에 있으면서도 불안했다. 내가 이렇게 혼자 있어도 되는 건가, 지금이라도 달려가 잘못 생각했다 말씀드리며 데려와야 하는 게 아닌가. 내가 부당한 행동을 하고 있다는 생각을 넘어 큰 죄를 짓고 있다는 죄책감에 시달렸다.

하지만 하루, 이틀, 시간이 흘러갔고, 아이도 나도 점차 적응해가며 이전과는 다른 삶이 펼쳐졌다. 나는 조금 더 편안해졌고, 아이는 그만큼 더 안정되었다. 그때 그렇게 단호한 결정을 하지 않았다면 오늘의 내가 존재할 수 있었을까? 과연 내가 지금처럼 멀쩡히 웃으면서 살아 있을 수 있었을까? 극심한 산후 우울증으로 돌이킬 수 없는 나락으로 떨어진 그녀들의 기사를 마주할 때마다, 나는 그 누구도 확신할 수 없는 질문의 답을 굴려보며 당시의 남편에게 감사한다.

혼자만의 시간을 갖기 시작하면서, 책을 읽고, 함께 읽고, 그들과 이야기를 나누기 시작하면서 내가 처해 있는 상황과 감정을 제대로 바라볼 수 있게 되었다. 나는 고통의 임계점이 매우 낮은 민감한 사람, 작은 자극에도 크게 고통받는 예민한 사람, 혼자 있는 시간을 통해 에너지를 충전하는 내향적인 사람이다. 아이의 작은 짜증과 울음, 찡얼거림도 내 신경 시스템 전체의 균형을 깨뜨리는 자극이 되어 수시로 혼자만의 시간이 필요한 사람인데, 그렇게 마음을 가라앉히고 정리해야 살 수 있는 사람인데, 하루 24시간 잠시도 쉴 틈 없이 나만 찾아대는 아이와 종일 붙어 있었으니 '살고 싶지 않다, 죽고 싶다, 나 정말 이렇게는 하루도 못 살겠다' 울부짖은 게 당연했다.

그 끔찍한 시간을 보내고 나서야 '엄마'라는 단어의 폭력성을 깨달았다. 엄마라는 단어가 지닌 보편성은 얼마나 무서운가. 엄마라는 말이 가진 이미지는 너무도 강렬해서, 내가 엄마가 되는 순간 '나'라는 인간이 갖고 있던 개별성은 흔적 없이 사라진다. 나는 엄마이기 이전에 '나'라는 한 사람인데, 엄마가 되는 순간 '나'라는 존재의 특징은 모두 버린 채 '좋은 엄마'라는 틀에 맞는 사람으로 다시 태어나라니 그게 가능할까. 평범하고 무던한 사람에게도 버거운 일일 것인데, 날 때부터 '초예민' '극민감'한 나에겐 작은 것 하나하나가 모두 삐걱대며 어긋날 일이었다.

'나'에게 반드시 필요한 사람이 되겠다

나는 왜 '좋은 엄마'라는 프레임에 나를 맞추려고 안간힘을 쓰며 발버둥 쳤을까. 세상에 태어나는 아이들 모두가 다른 모습인 것처럼 세상에 존재하는 엄마들 모두가 다른 것이 당연한데, 아이는 엄마 혼자 책임지고 키울 수 있는 존재가 아닌 것이 당연한데. 나는 자녀 양육의 책임을 오로지 엄마에게 강제하는 '좋은 엄마' '숭고한 모성'이라는 포장에 세뇌당하고, 주입당하고, 철저하게 복종했다. 내가 처한 상황과 나를 억압하는 생각이 얼마나 부당한 것인지 인지하지 못한 채, 내가 매우 주체적인 사람이라고 단단히 착각한 채로 말이다.

'적어도 만 세 돌까지는 엄마가 끼고 있어야 한다.' '엄마 품보다 좋은 게 없다.' '직장에 다니는 것도 아니면서 아이를 어린이집에 보내는 엄마는 제정신인가?' '어린아이를 두고 직장에 나가는 엄마는 이기적이다.' 세상은 쉽게 말하고 비난한다. 그 어떤 선택을 할지라도 손가락질을 피할 수 없고, 양육의 책임자는 언제나 엄마이다. 대한민국 엄마들 대부분이, 아니 거의 전부가 산후 우울증을 앓는 이유가 무엇일까. 이게 정상적인 것일까? 아이를 낳으면 어쩔 수 없이 겪을 수밖에 없는 신체적 질병일까? 아이를 낳았다는 이유로 내 직업과 경력 모두를 내던져야 하는 상황이 아니라면,

못난 엄마라는 죄책감에 시달릴 때

엄마가 되었다는 이유로 일과 아이 중 하나를 선택하라 강요받는 상황이 아니라면, 하루 종일 그 누구와도 소통하지 못한 채 집 안에 단절되어야 하는 상황이 아니라면, 매일 남편과 함께 아이를 돌볼 수 있는 상황이라면, 과연 그때도 지금과 같은 모습일까?

니체는 '선과 악'을 노예의 도덕이라 말한다. 절대적이고 유일한 진리를 따라 사는 사람은 노예, 거기에서 벗어나 자기만의 기준으로 살아가는 사람은 주인. 진정한 삶의 주인은 다른 누구의 판단이나 평가가 아니라 스스로 내린 평가에 따라 사는 사람이고, 나에게 좋은 것은 선택하고 나쁜 것은 거부하는 사람이며, 자신의 존재를 긍정하는 사람이라는 니체의 말을 새겨 넣는다.

엄마는 이래야 한다는 명령과 죄책감, 수치심과 불안, 두려움은 쓰레기통에 버리겠다. 내가 할 수 없는 것 때문에 나를 비난하는 대신 내가 잘하고 있는 것을 칭찬하겠다. 세상의 잣대가 만들어낸 내 모습 안에 숨어 있는 진짜 내 모습, 반짝이는 줄도 몰랐던 나의 조각을 찾아 어루만지겠다. 세상이 강요하는 틀에 갇혀 내가 나를 공격하는 사람이 아니라, 내가 가진 장점과 단점을 있는 그대로 인정하는 사람, 다른 그 누구보다 나 자신에게 친절하고 자상한 사람, 나에게 반드시 필요한 사람은 바로 그런 사람이다. 나는 이제 그런 사람으로 살겠다.

자꾸만 욱하는
내 모습이
끔찍할 때

아이가 다섯 살이 된 2016년,

일을 다시 하고 싶은 마음과

일을 다시 하기 힘든 상황 사이에서 방황했다.

예정된 이사와 유치원 입학이 발목을 잡았다.

낯을 심하게 가리는 아이의 적응을 장담할 수 없었고,

내 일과 육아, 가사, 남편의 사업을

어떻게 조합해야 할지 알 수 없었다.

결론이 나지 않는 고민을 굴려대고 있을 때

니나 상코비치를 만났다.

밴드 독서모임에 참여 중인 회원님의 추천이었다.

그녀는 언니를 암으로 떠나보낸 지 3년이 되는 해,

언니가 세상을 떠난 그 나이, 47세가 되는 해에

1년간 하루 한 권의 책을 읽고

전날 읽은 책의 리뷰를 작성하는 독서 대장정을 시작한다.

극복할 수 없는 슬픔,

만신창이가 된 삶을 치유하기 위해

책을 선택한 것이다.

"바빠요?" 전화 건 사람이 물었다.

"네, 일하는 중이에요."

고양이는 가까이 있고, 나는 의자에 앉아 굉장한 책을 읽고 있다.

그것은 금년의 내 일이고, 좋은 일이다.

봉급은 없지만 매일매일 깊은 만족감을 얻는다.

— 니나 상코비치, 《혼자 책 읽는 시간》

그녀는 1년 동안 '…하지 않기'를 실천한다.

걱정하지 않기, 달리지 않기, 규제하지 않기,

계획을 세우지 않기, 돈을 벌지 않기.

그리고 고양이 오줌 냄새가 남아 있는

오래된 보랏빛 독서 의자에 앉아 책을 읽는다.

오롯이, 혼자.

책장을 덮으며 고민이 사라졌다.

올해 내가 해야 할 일이 선명해졌다.

내가 나를 돌보는 일, 그걸 가장 우선하는 일.

1년에 100권 읽기를 시작했다.

책이,

나의 일이 되었다.

자꾸만 욱하는 내 모습이 끔찍할 때

·
·
·

　육아의 과정이란 산 너머 산, 한 고개 너머 또 한 고개의 연속이라 무엇 하나 쉬운 것이 없지만, 육아를 시작한 그날부터 오늘까지 언제나 어려운 건 감정 조절이다. 8년 넘게 아이들을 가르치며 큰소리 한 번 내지 않았던 나, 아무리 억울한 일이 있어도 냉정함을 잃지 않고 조곤조곤 대응하던 나는 사라졌다. 엄마가 된 나는 하루에도 몇 번씩 정신을 잃고 미친 사람처럼 소리를 질러댔다.

내가 부모가 되어, 나의 부모를 돌아보다

　자기주장이 생기기 시작한 두 돌 무렵, 마음속의 짜증과 불

자꾸만 욱하는 내 모습이 끔찍할 때

편함을 말로 전달할 수 없어 답답한 아이는 쉴 새 없이 울고불고 성질을 부렸다. 그럴 수밖에 없는 시기라는 걸 알면서도 나는 아이와 함께 소리를 질렀다. 끊임없이 치솟는 화를 다스릴 수 없어 한바탕 퍼부은 뒤에는 언제나 걷잡을 수 없는 후회와 자괴감이 밀려왔다.

'왜 나는 이거밖에 안 될까? 나는 왜 따뜻하게 받아주지 못할까? 나는 눈곱만큼의 인내심과 포용력도 없는 사람인가? 어쩜 이렇게 성질이 더러울까?' 꼬리에 꼬리를 물고 뻗어나가는 부정적인 생각들. 후회하고 반성하고 마음을 다잡아도 상황은 어김없이 반복됐다. 반복이 거듭될수록, 물음표를 달고 날아들던 생각들은 거부할 수 없는 느낌표를 붙여 돌아왔다.

"공격적으로 변하거나, 평정심을 잃거나, 궤도를 이탈하기 바쁜 당신이 그렇게 행동하지 않도록 도와주겠다"라고 말하는 누군가가 찾아온다면 그 만남을 거부할 수 있을까. 주디스 올로프의《감정의 자유》는 그렇게 왔다.

이 책은 '당신의 행복과 마음을 되찾는 방법을 알려주는 책'이라고 자신을 소개하는데, 저자가 말하는 '감정의 자유'란 긍정적인 감정들은 더 키우고, 부정적인 감정들은 긍정적인 감정으로 바꿔가는 것을 의미한다. 나는 나를 집어삼키는 부정적인 감정에서 해방될 수 있기를 바라면서, 평온한 마음을 가질 수 있기를 바라면서, 지푸라기라도 잡는 심정으로 책을 읽기 시작했다.

정신과 의사인 주디스 올로프는 부정적인 감정에서 해방되어 인생을 바꾸는 방법을 제안하는데, 감정은 단순히 우리를 행복하거나 비참하게 만드는 대상이 아니라 우리를 변화시키는 수단이라는 것을 알아야 한다고 강조한다. 화가 나거나 분노에 휩싸였을 때 우리는 그 감정을 억누르고 차단하려 노력하지만 이런 태도는 지금 당장 버려야 할 자세이다. 그 대신 우리는 순간순간의 내 감정에 주의를 기울여 이를 더 잘 의식하는 사람이 되어야 하는데, 나는 그가 기술한 감정의 네 가지 측면인 생물학, 영성, 에너지, 심리학 중 심리학적 측면에 눈이 번뜩였다.

감정의 심리학적 측면이란 감정을 알기 위해서는 나의 심리적 자아를 먼저 알아야 한다는 말이다. 심리적 자아를 알아보는 방법은 아주 간단한데, 나의 부모를 돌아보는 것이다. 좋든 싫든 내 감정의 틀을 만든 사람이 나의 부모이기에, 부모의 장점과 결점을 들여다봐야 나의 심리 상태를 알 수 있다.
우리가 부모의 영향을 많이 받는다는 것, 특히 아이를 키우면서 원부모와의 관계를 다시 맞닥뜨리게 된다는 건 이미 잘 알

자꾸만 욱하는 내 모습이 끔찍할 때

고 있는 사실이었다. 많은 육아서에 빠짐없이 등장하는 내용이 아닌가. 특별할 것 없는 말에 시큰둥하게 눈동자만 굴려대던 내 눈에 들어온 건 '감정의 자유를 위한 실천: 부모에게서 받은 감정의 유산 점검하기' 과제였다.

부모의 장점과 단점들을 기록하여 놓고 살펴보자. 그리고 부모의 장점이나 단점이 당신에게 어떤 영향을 미쳤는지 생각해 보자. 특성 목록의 어느 특성이 당신에게 자신감을 심어 주었는가? 유머 감각을 심어 주었는가? 안전하다는 느낌을 심어 주었는가? 어느 특성이 당신의 안녕을 해쳤는가?

또한 당신이 지니고 있는 특성들에 대해서도 솔직해지자. 긍정적인 것이라면 수용하자. 부정적인 것이라면 한 번에 하나씩 고쳐 좀 더 자유로워지자. 어느 특성을 유지하고 싶은지 결정하자. 이 특성 목록을 이용하여 당신의 심리 프로그램을 재구성한 뒤 가장 자유로운 당신이 되도록 하자.

부모의 장단점과 그게 나에게 미친 영향을 정면으로 마주해 본 적이 없었다. 나도 모르게 부모의 공과를 판단하고 평가하는 일이 마치 불효의 증거인 양 애써 고개를 돌리며 외면하기 바빴을 뿐. 솔직하고 차분하게 부모와 나를 돌아본 적이 없었다. '우리 엄마의 장점과 단점은 뭐지? 아빠는? 아빠의 그런 장점과 단점이 나에게 어떤 영향을 미쳤지?' 책이 던지는 물음표 앞에 서서 진지하게 답을 찾았다. 예상치도 못했던 생각들이 고구마 줄기처럼 줄줄이 달려 나왔다.

나의 아버지는 명석하고 논리적이며 숫자와 이치, 사리 분별에 밝은 사람이다. 성실하고 꼼꼼하지만 얼음처럼 차갑고 냉정한 사람이면서도, 치밀어 오르는 화를 참지 못하는 충동적인 사람. 어머니는 매우 여리고 감성적인 분으로 웃음도 눈물도 많은 사람이다. 더없이 밝고 따뜻한 사람, 정이 많은 사람. 그래서 상처도 쉽게 받는 사람, 상처를 받아도 제대로 된 대거리 한 번 못하고 끙끙 앓는 사람.

극과 극의 남녀가 부딪치는 갈등 상황에서 강자와 약자는 분명했다. 아빠는 자기 성질대로 화르르, 엄마는 그걸 고스란히 안고 흑흑흑. 그 모습을 보고 자란 나에게 감정적인 것, 특히 눈물은 나약한 것, 지는 것, 손해 보는 것, 억울한 것이었다.

나는 어떤 상황에서도 그 순간의 내 감정을 그대로 드러내지 않으려 애썼고, 아무리 억울하고 상처받는 일이 생겨도 사람들 앞에서는 절대로 울지 않았다. 훌쩍훌쩍 우는 대신 예리하게 따지고 들기, 돌아서서 괴로워하는 대신 앞에서 제대로 맞서기를

자꾸만 욱하는 내 모습이 끔찍할 때

선택했다. 나약한 약자는 절대 사절, 언제 어디서든 당당한 강자가 되고 싶었다.

모든 선택에는 그림자가 따라온다. 감정의 온도를 절제하자 억울한 일이 생기기 시작했다. 빠져나갈 구멍 없이 논리적으로 따지고 드는 나는 가해자였다. 분명 친구가 잘못해서 시작된 말다툼인데, 정신없이 몰아치는 나 때문에 엉엉 울고 마는 친구는 피해자가 되었다. 그저 눈물을 흘린다는 이유만으로 싸움의 원인은 온데간데없이 사라지고 울린 나는 나쁜 애, 우는 친구는 불쌍한 애라니. 어안이 벙벙한 표정으로 친구들의 위로와 편들기를 받는 상대를 바라보는 상황이 반복되면서 나는 눈물의 의미를 추가했다. 이제 나에게 눈물은 책임을 회피하기 위한 비겁한 술책이었다.

나는 갈등 자체를 회피했다. 이보다 예민할 수 없는 사춘기 여학생들의 감정선을 견디기 어려웠다. 내가 지금 어떤 무리에 속해 있는지, 이 무리 안에서 누구와 제일 친한지, 그 아이와 나의 관계가 얼마나 견고한지, 또래집단에 대한 강렬한 집착 속에서 신경을 곤두세우고 끊임없이 확인하려 드는 날 선 감정이 버거웠다. 어쩌다 보니 홀수로 된 무리에서 지내는 경우가 많았다. 나와 A가 더 가까운 걸 불안해하는 B의 감정이 보이면 내가 먼저 물러섰다. 무리 안에서 나를 모함하는 일이 생겨도 가타부타 해명하지 않고 조용히 발을 뺐다.

부딪치는 것보다 그게 나은 선택이라 판단했고, 그래도 난 상관없다 자신했다. 나는 냉정한 사람이니까, 이성적이고 논리적인 사람이니까, 나는 아빠랑 판박이니까. 그래도 괜찮다고, 아무렇지 않다고, 상처받지 않는다고 생각했다. 그게 나의 착각이자 내가 나에게 씌운 가면, 내가 나에게 거는 최면이었을 뿐이라는 사실을 아이를 낳고 난 뒤에야, 한 권의 책을 읽고 난 뒤에야 알았다.

아이의 울음을 참을 수 없었던 이유

《감정의 자유》에는 자신의 감정 유형을 진단해보는 부분이 있는데, 결과가 놀라웠다. 나는 나를 분석가라고, 언제나 이성적인 사고로 세상을 바라보는 사람이라 생각했지만 결과는 그렇지 않았다. 나는 매우 민감하고 미세한 감정을 지닌 '감정이입형'이었다. 내 안에는 여린 마음으로 쉽게 상처받는 엄마의 성향이 그대로 들어 있었다. 강한 아빠와 아빠보다도 더 강하고 억센 할머니와 부딪치며 아파하는 엄마의 모습을 보며 나도 모르게 나는 아닌 척, 나는 안 그런 척, 나는 마냥 냉정하고 이성적인 척 노력했을 뿐. 내 안에는 아프고, 억울하고, 외롭고, 슬프고, 괴로 웠던 상처가 켜켜이 쌓여 있었다.

　괜찮아지기 위해서, 아무렇지 않다고 느끼기 위해서, 상처받 지 않기 위해서 제대로 마주하지 않았던 나의 마음을 들여다보 니 좀처럼 이해할 수 없었던 '왜'가 보였다. '아, 그랬구나. 그래 서 내가 그렇게 화가 났구나.'

　내가 매일 마주하는 아이의 울음은 단순히 아이의 눈물이 아 니었다. 아이의 울음소리는 아빠와 할머니에게 상처받은 엄마 의 눈물이었고, 나를 억울하게 만든 친구들의 눈물, 차마 표현하 지 못하고 꽁꽁 숨겨왔던 상처받은 나의 눈물이었다. 아이의 눈 물은 내가 감춰왔던 상처를 후벼 파는 칼이었다. 그 무엇도 신경 쓰지 않고 그저 느끼는 대로, 나오는 대로, 자유롭게 발산하는 아이의 울음이 나에겐 더없이 아프고 힘겨운 자극이었다.

　나의 상처를 제대로 마주하자 놀라운 변화가 찾아왔다. 내가 왜 이렇게 화가 나는지 그 감정의 정체를 알고 나니 아이의 울음 이 더 이상 미쳐버릴 것 같은 소리로 들리지 않았다. 나 자신도 이해할 수 없을 정도로 심각하게, 감당할 수 없을 만큼 강렬하 게 치밀어 오르던 화가 사라졌다. 아이의 울음이 아이의 울음으로만 보이기 시작하니 화를 내는 횟수가 줄었다. 매일 한두 번씩 폭발하던 감정이 2~3일에 한 번으로, 일주일에 한 번으로 줄었고, 화를 내는 강도도 확연히 낮아졌다. 인류의 생존을 위협하듯 펼쳐지던 둘만의 세계대전은 이제 동네 꼬맹이들의 유치한 싸움이 되었다.

수면 부족, 그리고 악랄한 비판자

주디스 올로프는 우리가 부정적인 감정에 빠지는 이유로 '수면 부족'과 '높은 불안감'을 꼽는다. 어린아이를 키우는 엄마들이 왜 자기 감정을 제대로 조절하지 못해 괴로워하는지 알 수 있는 대목이다.

저자는 꿈과 수면의 중요성을 강조한다. 잠은 '우리를 해방시켜주고, 우리 몸이 원기를 되찾게 함으로써 감정의 자유를 얻을 수 있게 도우며, 매일 떠나는 작은 휴가이자 우리를 치료해주는 약'이다. 그는 잠을 충분히 자지 못하면 사소한 일에도 감정이 폭발하고 과도한 반응을 보이며 매사 부정적인 사람이 될 수밖에 없다고 설명한다. 밤새 수유를 해야 하는 신생아기부터 잠투정이 잦아드는 유아기까지 대부분의 엄마들이 경험하는 수면 부족은 우리의 감정 조절 능력을 바닥까지 떨어트린다. 내가 못

나서, 내가 부족해서, 내가 형편없는 인간이라서가 아니라 인간이라면 누구나 동요하고 추락할 수밖에 없는 환경이라는 것. 나는 잠을 자지 못하는 일상이 나의 신체와 정신에 얼마나 큰 영향을 미쳐왔는지 제대로 마주했다.

'불안' 역시 피할 수 없는 기제로 작동한다. 양육의 책임을 엄마에게 전가하고 엄마의 희생을 당연시하는 사회 문화는 엄마의 불안을 극대화한다. 아이를 제대로 키우기 위해 온갖 정보를 검색하며 수집하지만 넘쳐나는 육아 이론들은 혼란만 가중할 뿐. 오랜 시간 내 몸에 자연스럽게 체득된 방식도, 충분히 고민한 끝에 형성된 단단한 철학도 아닌 전문가들의 조언은 걷잡을 수 없는 불안과 죄책감, 곤혹스러움과 부담감만 얹어댄다.

아이가 잠을 잘 자지 못하는 것도, 변비에 걸린 것도, 몸무게가 늘지 않는 것도 모두 내 탓인 것만 같아 발을 동동거리며 쉴 새 없이 움직이던 그때. 매일 나의 한계가 어디인지 확인하려는 사람처럼 나를 들볶았던 이유 역시 불안이었다. 끝없이 할 일을 만들며 가만히 앉아 쉬지 못하는 나. 수없이 많은 규칙을 만들어 지키고, 정리 정돈에 집착하며 손톱을 물어뜯는 버릇 모두가 높은 불안증을 겪는 사람들의 특징이자 나의 증상이었다. '다 했어? 그게 다 한 거야? 청소는? 빨래는? 쉬겠다고? 네가 지금 쉴 자격이 있다고 생각해?' 내 마음속에 가득 찬 불안감은 악랄한 비판자를 데려왔다. 온종일 나를 감시하며 비판하는 이 녀석은 나의 작은 실수도 그냥 넘기지 않았다. 내 안의 목소리는 언제나 불가능한 수준의 기준을 세워 나를 닦달했고, 나는 아무리 애를 쓰고 발버둥 쳐도 언제나 실패자가 될 뿐. 나는 내 안의 잔인한 목소리에 한없이 휘둘렸다.

나에게 너그러워지기

나는 왜 이렇게 완벽을 추구할까? 나는 왜 완벽주의자가 되었을까? '완벽주의자가 되어 불안해하게 된 동기를 찾아보라'는 저자의 말에 나의 부모를 다시 돌아봤다. 내가 처했던 환경, 내가 겪었던 사건, 내가 들었던 수많은 말과 내가 받았던 기대…. 더없이 화목한 가정에서 행복하게 자랐지만 나에 대한 기대가 너무 커다란 부모님 밑에서 힘들었던 학창 시절이 떠올랐다.

중학생이 되어 치른 첫 시험, 나는 평균 90점을 받지 못했는데 내 성적을 보고 너무 실망한 아빠는 한 달 동안 내 얼굴을 제대로 마주하지 않으셨다. 열네 살의 나는 다음 시험에는 어떻게든 90점을 넘기 위해 시험 두 달 전부터 매일 독서실에 틀어박혀 지냈다. 하지만 90점이 넘는 점수를 받아도 등수가 모자랐고,

반에서 1등을 해도 전교 석차가 부족했다. 처음으로 전교 4등이라는 성적표를 받아 들고 신이 나서 숨을 헐떡이며 뛰어간 날에는 "얘가 왜 이렇게 호들갑이야? 1등도 아니구먼"이란 말이 돌아왔다. 고등학교 3년 내내 4시간만 자며 미친 듯이 공부했지만 목표했던 'SKY' 진학에 실패했던 일, 내가 그 대학에 들어가지 못했다는 이유로 눈물을 흘렸던 담임 선생님의 얼굴과 한 달 내내 축 처져 있던 아빠의 어깨가 떠올랐다.

'아. 나는 부족한 나를 받아들이는 방법을 배우지 못했구나. 기대를 낮추는 방법을, 나에게 너그러워지는 방법을 배우지 못했구나.' 나는 나 자신을 괴롭히며 완벽을 추구하던 내 모습 안에 숨겨져 있던 작은 아이를 보았다. 나를 돌아보는 것, 나의 감정과 상처를 들여다보는 것은 의미 있는 첫걸음이 되었다. 이제 나는 절망과 좌절, 수치심과 우울함이 몰아칠 때에도 그런 감정을 만들어내는 자극을 찾아 분리할 수 있게 되었다. 오늘의 나는 "국도 없이 밥을 먹이니? 반찬이 이거밖에 없니?"라고 물으며 부지런한 가사 노동을 강요하는 친정어머니의 말에 사로잡히지 않는다. "요즘 일하지 않는 여자가 어디 있니? 너도 네 일을 해야지"라며 자아실현을 권하는 친정아버지의 말에서, "혼자 벌어서 먹고살 수 없는 세상이잖니. 여자도 같이 벌어야지"라고 맞

벌이를 강조하는 시어머니의 말에서 매끄럽게 빠져나와 당당하게 생각한다.

'완벽한 엄마가 아니면 어때? 지금 당장 내 일을 하지 못하면 어때? 그까짓 돈 좀 못 벌면 어때? 내가 부족해서 못 하는 게 아니잖아. 내 탓이 아니잖아. 이 모든 걸 실현하는 게 불가능한 나라에 살고 있잖아. 내가 어찌할 수 없는 부분이 분명히 존재하잖아. 불가능한 목표를 세우고 발버둥 칠 필요 없어. 나는 잘하고 있어. 충분히 잘하고 있어. 지금 이대로 괜찮아.' 나에게 친절한 나, 나에게 관대한 나, 나에게 다정한 나. 나는 이제 이런 '나'로 다시 산다.

나만의 시간, 나만의 공간

새로 태어난 나는 아직 너무 어려 세심한 보호가 필요하다. 작고 여린 나에게 필요한 건 나만의 공간이다. 에너지에 민감한 감정이입형은 반드시 자신만의 공간과 시간을 가져야 한다는, 그렇게 하지 않으면 가족이라 할지라도 당신을 괴롭히는 뱀파이어가 될 수 있다는 저자의 말을 적극 수용했다.

더 이상 아이를 어린이집에 보내는 것에 죄책감을 갖지 않는다. 당당하게, 아주 적극적으로 나만의 시간과 공간을 확보한다.

누군가에게 이런 나의 생각과 선택이 이기적이고 한심한 행동으로 보일지라도 개의치 않는다. 세상의 고정관념과 사회의 압력에 순응하면서는 행복한 육아를 할 수 없다.

엄마라는 보편성을 버린다. '…해야 한다'는 강요를 외면한다. 아이와 나의 관계는 오로지 단 하나, 우리만의 특수한 관계이니 우리에게 맞는 삶의 규칙이 필요함을 인정하고 실천한다. 때때로 중심을 잃고 쓰러지면 밖으로 나가 햇빛을 쐬고 탁 트인 공기를 마신다. 몸을 움직인다. 운동을 한다. 뚝뚝 떨어지는 땀방울을 닦으며 터질 듯이 요동치는 심장을 느낀다. 달아오른 체온만큼 나는 다시 뜨거워진다.

더 이상 눈물을 억누르지 않는다. 나는 종종 눈물을 흘린다. 내 이야기에 공감하며 진심으로 귀 기울여 들어주는 사람들 앞에서의 눈물은 절망과 우울을 털어내는 치료제다. 나의 감정을 보다 주의 깊게 살핀다. 나의 하루를 더욱 풍요롭게 가꿔가려 노력한다.

나를 돌아보고 내 안의 나를 찾으라는 뜬구름 같은 이야기는 책으로 해결한다. 새삼스럽게 나를 어떻게 찾고 돌아보라는 건지, 좀처럼 해결하기 힘든 과제로 느껴지는 난제의 열쇠는 언제

나 책이었다. 저자가 던지는 질문의 답을 찾으며 오늘도 나는 나
의 상처를 보듬는다.

생기 넘치던
시절이
그리울 때

'시간이 없어요'라는 말은

'나는 그 시간에 뭔가 다른 일을 하겠어요'라는 뜻입니다.

자유시간은 항상 있어요.

문제는 그 시간에 '무엇을 하는지'입니다.

- 브리짓 슐트 《타임 푸어》

나를 위한 시간은 저절로 생기지 않았다.

나는 책을 읽는 '일'을 위해 다른 일을 버렸다.

시작은 청소 안 하고 더럽게 살기,

'깨끗'과 '깔끔'에 대한 집착으로 사라지는

하루 1시간을 확보하기.

매일 1시간이면 일주일에 7시간, 한 달에 30시간,

1년이면 365시간이니까!

오늘 닦아도 내일 또 더러워질 바닥을 문지르는 대신

책을 읽는다.

청소는 큰맘 먹고 구입한 로봇 청소기에게 맡겨둔다.

얼룩이 보이면 고개를 돌리고,

발바닥이 시커메지면 발을 닦고,

화장실 청소는 아이가 씻을 때 수시로 함께,

주방과 바닥 청소는 남편이 집에 있는 주말에만.

한 달이 지나고, 한 계절이 지나고, 한 해가 갈수록

나는 과감해진다.

설거지통에 들어간 그릇 하나도 참지 못하던 나는

이제 없다.

매일 아침 어질러진 개수대를 외면하고

아이와 함께 집을 나선다.

유치원 버스에 올라탄 아이가 보이지 않을 때까지

손을 흔들고 나면 출근시간이다.

나는 집 앞의 작은 카페에 들어가

커피 한 잔을 마시며 책을 읽고 글을 쓴다.

평일 오전 10시부터 오후 3시까지,

아이도 남편도 없는 시간은 나를 위한 시간.

오롯이,

나의 일을 할 시간이다.

생기 넘치던 시절이 그리울 때

·
·
·

2012년, 지방에서 회사를 다니는 남자와 결혼하면서 하던 일을 정리했다. 안정적으로 잡아둔 기반을 버린다는 게 쉽지는 않았지만 두 사람의 일터를 모두 만족시키는 지역은 존재하지 않았다. 어디서든 고생을 조금만 하면 다시 자리를 잡을 수 있는 프리랜서가 양보를 하는 게 맞다고 판단했다. 나는 기꺼이 휴직을 선택했다.

잃고 나서야 알게 된 일의 소중함

아무 연고도 없는 지역에서 시작된 신혼 생활은 정신없이 흘러갔다. 일을 다시 시작하기도 전에 아이가 생겼고, 극심한 입덧

과 우울증, 생각지도 못했던 조산과 육아가 이어지며 '경력단절
녀'가 되었다. 얼마쯤은 어쩔 수 없는 상황에 떠밀려 간 결과였
지만 얼마쯤은 핑계 김에 좀 쉬어보자는 마음도 있었다. 단 1점
때문에 합격과 탈락이 뒤바뀌는 대학입시의 최전선에서 아이들
을 지도하며 쌓여온 긴장과 스트레스에서 벗어나 보고도 싶었
으니까.

매일 산더미같이 쌓여 있던 일거리에서 벗어난 하루를 살았
다. 일이 없는 하루가 무료하기도 했지만 임신으로 인한 몸과 마
음의 변화에 적응하기 벅찼다. 일이 사라진 빈자리의 허전함은
출산 후에 드러났다. '전업맘'의 시간이 쌓일수록 후회의 눈물이
쏟아졌다.

'내가 미쳤지, 미쳤어. 아이고, 그때가 좋을 때였구나. 나가
서 100시간 일하는 게 집에서 10시간 애 보기보다 백배 낫지. 내
가 미쳤다고 집에서 애를 본다고 주저앉아서 이게 대체 무슨 꼴
이야? 내가 다시 일을 할 수 있을까? 내 자리를 되찾을 수 있을
까?' 일을 할 때는 이걸 언제까지 해야 하나, 하기 싫다, 그만두
고 싶다 투덜대며 몸살을 앓았건만…. 하던 일이 사라진 뒤에야
알게 되었다. 나에게 일이 얼마나 소중하고 중요했는지, 인간 욕
구의 최정점이 왜 자아실현의 욕구인지를.

전업 주부인 엄마의 극진한 돌봄을 받으며 자란 나는 엄마가 없는 빈집에 들어가는 걸 끔찍이도 싫어했다. 언제나 집에서 나를 기다려주는 엄마가 있다는 것. 그건 나에게 축복이었고, 그러니 나도 그런 엄마가 되고 싶다 생각했다. 그게 특별히 괴롭거나 힘겨울 거라곤 상상조차 하지 못했다. 그냥 자연스럽게, 당연하게 그리 될 줄 알았다. 정말이지 대책 없는 착각, 세상물정 모르는 꼬맹이의 어수룩한 소망이었다.

엄마가 나를 낳아 기른 그때와 내가 아이를 낳아 키우는 오늘의 간극은 거대했다. 살림과 육아는 내 삶의 만족도를 채워주지 못했고, 열심히 쓸고 닦을수록, 최선을 다해 씻기고 먹일수록 허무와 공허만이 커져갔다. 내가 공부하고 연구하고, 종사하고 인정받던 전문성이 털끝만큼도 필요 없는 하루가 더해갈수록 나는 사라졌다. 여자니까, 여자라서, 여자이기 때문에 학업을 포기하던 시대는 진즉에 지나갔다. 지금은 모두가 똑같이 공부해서 대학에 가고, 사회생활을 하는 2018년. 집안일과 육아는 더 이상 여성이 해야 할 일의 전부가 아니다.

'나는 집에서 살림만 하며 행복하게 지낼 수 있는 사람이 아니구나. 내 일을 전부 버리고 아이만 키울 수는 없겠구나.' 일을 다시 찾고 싶었다. 세상 속으로 들어가고 싶었다. 한없이 쪼그라든 생활의 반경을 넓히고 싶었다. 그런데 계획을 하고 궁리를 할수록 해야 하는 이유보다 하지 말아야 할 이유가 쌓여갔다. 일하는 엄마가 되기 위해서 감당해야 할 짐은 거대했다. 일하는 엄마를 향해 쏟아지는 비난과 질책은 매서웠다. 내 일을 포기하면 '집에서 놀고먹는 엄마', 내 일을 버리지 않으면 '자식을 내쳐두는 이기적인 엄마'라니…. 무엇을 선택해도 피할 수 없는 손가락질 앞에서 나는 절망했다.

나는 언제 살아 있다고 느끼지?

형편없이 오그라든 나에게 아이가 다가왔다. 아이에게 너무 어려운 책이라 생각해 치워두었던 그림책 한 권을 들고서. 아이가 나에게 선물해준 그림책은 나카야마 치나츠의 《살아 있어》. 이 책은 살아 있다는 게 무엇인지를 하나씩 보여준다.

살아 있어. 살아 있어. 숨 쉬고 있어.

아, 살아 있다는 건 숨 쉬는 거네.

살아 있어. 살아 있어. 헤엄치고 있어.

아, 살아 있다는 건 헤엄치는 거네.

살아 있어, 살아 있어, 뛰어오르고 있어.

아, 살아 있다는 건 뛰어오르는 거네.

살아 있어, 살아 있어, 자라고 있어.

아, 살아 있다는 건 자라는 거네.

살아 있어, 살아 있어, 꽃이 피었어.

아, 살아 있다는 건 꽃이 피는 거네.

살아 있어, 살아 있어, 열매가 열렸어.

아, 살아 있다는 건 열매가 열리는 거네.

살아 있다는 건 숨 쉬는 것, 물속의 물고기처럼 헤엄치는 것, 땅을 달리는 동물들처럼 뛰어오르는 것. 풀과 꽃, 나무처럼 자라고, 꽃을 피우고, 열매 맺는 것.

살아 있어, 살아 있어, 시들었어.

아, 살아 있다는 건 시드는 거네.

으아앙 으앙 시들었어. 으아앙 꽃이 시들었어.

으아앙 으아앙 으아앙 으앙.

아, 살아 있다는 건 눈물이 나는 거네. 으아앙 으아앙.

살아 있다는 건 눈물이 나는 것…

생기 넘치던 시절이 그리울 때

하지만 살아 있다는 건 시들고 사라지는 과정이기도 하다. 살아 있다는 건 곧 사라진다는 것, 눈물이 나는 것. 책은 여기서 멈추지 않고 삶과 맞닿아 존재하는 죽음을 보여준다. 벌레를 잡아먹는 물고기, 물고기를 먹는 새, 새를 먹는 짐승. 그리고 짐승 한 마리는 나무 아래 쓰러져 흙이 된다. 나무에서는 커다란 사과가 열리고, 나는 그 사과를 따 먹고. 그리고 말한다.

먹었어 먹었어. 아하하하 나도 먹었어.

아, 살아 있다는 건 웃는 거네.

아하하 아하하 아하하. 아얏, 이마를 부딪쳤어.

아, 살아 있다는 건 아픈 거네.

살아 있다는 건 이런 거구나!

생명의 순환과 원리를 보여주는 그림책이다. 아이는 마지막 장이 넘어갈 때까지 아무 말이 없었고, 그런 아이를 보며 나는 생각했다. '그거 봐. 역시 아직은 이르지. 이게 재미가 있겠어?' 그런데 아이가 물었다.

"엄마, 엄마. 그럼 콧구멍이 간지러운 건? 콧구멍이 간지러운 것도 살아 있어?"

나는 책의 운율에 맞춰 대답했다.

"그럼. 살아 있어, 살아 있어. 살아 있다는 건 콧구멍이 간지러운 거야."

아이는 또 물었다.

"엄마, 엄마. 그럼 이렇게 뛰는 건? 이렇게 뛰는 것도 살아 있어?"

침대에서 벌떡 일어나 폴짝 뛰어오르는 아이를 보며 답해주었다.

"그럼! 살아 있어, 살아 있어, 뛰고 있어. 살아 있다는 건 신나게 뛰는 거야."

아이는 까르르 웃으며 더욱 힘차게 발을 굴렀다. 경중경중 솟아오르며 제 몸이 움직이는 리듬에 맞춰 노래했다.

"살아 있어, 살아 있어, 살아 있어! 뛰고 있어! 살아 있는 건 뛰는 거야!"

아이는 계속해서 물었다. "엄마, 엄마, 앞구르기는?" "엄마, 엄마! 이렇게 꽈당 넘어지는 건?" "엄마! 엄마! 그럼 이렇게 물구나무서는 건?"

신이 나서 조잘거리는 아이의 말에 답을 해주니 또 한 권의 책이 되었다. 나카야마 치나츠의 《살아 있어》는 이제 우리 아이만의 《살아 있어》로 태어났다. 우리 아이의 '살아 있어'는 콧구멍이 간지러운 것, 신나게 뛰는 것, 앞구르기를 하는 것, 꽈당 넘어지는 것, 물구나무서는 것. 어쩜 이렇게 싱그러울까? 에너지 넘치는 아이만의 '살아 있어'는 눈이 부시게 아름다웠다. 이 작은 아이의 '살아 있어'는 이렇게 펄떡펄떡 생기가 넘치는구나. 그럼 나는? 나의 '살아 있어'는 뭘까? 나는 언제 살아 있다고 느끼지?

나는 언제 살아 있을까. 나의 '살아 있어'는 어디에 있을까. 살아 있는 순간보다 먼저 떠오른 순간은 살아 있지 못했던 순간이다. 살아 있을 필요가 없다고 생각했던 순간, 삶의 의미를 찾을 수 없어 괴로웠던 순간. 그때 그 순간을 되짚던 나는 고통으로 일그러진 시간 속에 숨어 있던 나만의 '살아 있어'를 발견했다.

"살아 있어, 살아 있어, 읽고 있어. 아, 살아 있다는 건 읽는 거네." 아는 사람 한 명 없는 외딴 동네, 13평의 좁은 집 안에서 멈춘 시계. 째깍째깍 쉴 새 없이 움직여야 할 초침이 움직이는지 않는지 보이지도 않는 시침이 되어버린 영원 같은 시간 속에서 나를 구해준 건 한 권 한 권의 책이었다. 끝없이 반복하는 자장가가 지겨워 시작한 소리 내어 읽기는 끝나지 않는 형벌처럼 무겁기만 했던 시침을 옮겨주었다. 그렇게 읽은 책들이 추락하는 나를 붙잡아 주었다.

"살아 있어, 살아 있어, 쓰고 있어. 아, 살아 있다는 건 쓰는 거네." 아이가 깨지 않고 잠이 든 축복의 시간, 가뭄의 단비같이 소중한 시간이 주어지면 언제나 컴퓨터 앞에 앉아 글을 썼다. 글이라고 부르기도 민망한 블로그 포스팅, 소소한 일상 이야기와 구입한 물건의 리뷰가 대부분인 지극히 사적이고 잡다한 글이었지만 특별한 목적과 쓸모, 가치를 떠나 무언가를 '쓴다'는 행위 자체가 중요했다. 타닥타닥 키보드를 두드릴수록 가슴이 후련했으니까. 새하얀 화면 위의 까만 글자는 터져 나온 울분이었다. 나에게 가장 확실한 스트레스 해소 방법은 언제나 글쓰기였다.

돌아보니 글자를 알게 된 여덟 살부터 글을 쓰지 않은 날이 없다. 초등학교를 다니는 6년 내내 일기를 썼다. 사춘기의 열병을 앓던 시절에는 수없이 많은 편지를 썼고, 입시 준비를 하느라 잠잘 시간이 부족했던 수험생 시절에도 글쓰기를 멈추지 않았다. 인터넷이 보편화된 뒤에는 다양한 SNS에 글을 쓴다. 글쓰기는 하루 세 번 밥 먹기처럼 빼놓을 수 없는 일상이다. 쓰지 않을 수 없어서 쓰는 하루하루. 글쓰기는 가장 오래되고 든든한 나의 친구이자 나의 일부였다.

생기 넘치던 시절이 그리울 때

나의 운명, 나의 길

'책을 읽거나 글을 쓸 때 가장 행복한 나, 읽거나 쓰지 않고는 견딜 수 없는 나. 읽기와 쓰기 없는 나는 상상할 수가 없으니 이게 바로 나의 운명인가?' 나의 '살아 있어'를 마주하니 《데미안》의 주인공 싱클레어가 떠올랐다. 우리의 임무는 자신의 운명을 찾아 그걸 살아내는 일이라고, 우리는 어떤 인간이 되라고 존재하는 것이 아니라, 나에게로 가는 길을 걷기 위해 존재하는 것이라고 말한 싱클레어.

운명이란 게 정말 있긴 한 건지, 내가 가야 하는 길은 대체 어디에 있는지. 서른이 훌쩍 넘도록 좀처럼 보이지 않는 나의 길에, 마냥 어렵게만 느껴지던 싱클레어의 말이 온몸을 휘감았다. 그토록 찾아 헤맨 나의 운명이 글쓰기일지도 모른다는 생각이 강렬하게, 뜨겁게, 바짝 말라 있던 내 가슴을 불태웠다. '돈을 벌기 위해서가 아니라, 명성을 얻기 위해서가 아니라, 내가 정말 하고 싶은 일, 내가 진짜 좋아하는 일이 바로 글쓰기가 아닐까?'

나의 '살아 있어'가 글쓰기라면 앞으로의 나는 작가로 살아야 하지 않을까? 처음으로 진지하게 글 쓰는 나를 그렸다. 상상만으로도 부끄러워 감히 꿈꾸어본 적도 없는 '작가'라는 두 글자를 처음으로, 조심조심 꺼내보았다.

'네가? 말도 안 돼! 네가 무슨!' 꺼내 든 두 글자를 제대로 만져보기도 전에 코웃음과 빈정거림이 날아왔다. 아무리 너그럽게 봐주려 해도 도저히 봐줄 수가 없는 착각. '헛물도 이런 헛물이 있나, 네 주제와 분수를 알아라!' 소리치는 목소리가 들려왔다.

그래, 내가 무슨! 미쳤지 미쳤어. 고개를 흔들어댈 때, '언니, 언니!' 부르며 뒤꽁무니만 졸졸 따라다니고 싶은 누군가가 찾아왔다. 한껏 움츠러든 내 어깨에 손을 올려준 그녀의 이름은 나탈리 골드버그. 전 세계에 글쓰기 붐을 일으킨 소설가이자 시인, 수행자이다.

그의 대표작인《뼛속까지 내려가서 써라》부터 가장 최근에 나온《구원으로서의 글쓰기》까지 무엇 하나 인상적이지 않은 책이 없었지만, 가장 강렬했던 만남은《글 쓰며 사는 삶》이다. 글쓰기 책이지만 글쓰기 책이 아니기도 한 책으로, '글쓰기' 대신 어떤 일을 넣어도 무방한 책. 요리하며 사는 삶, 바느질하며 사는 삶, 영업하며 사는 삶, 연구하며 사는 삶, 판매하며 사는 삶 등등 내가 하고 있는 일이나 꿈꾸는 일이 무엇이든 적용 가능한 이야기책이다. 글을 잘 쓰기 위한 방법이나 요령보다는 어떤 마음가짐으로 어떻게 살아야 하는지, 내 삶의 태도를 설정하는 방법을 안내해주는 나탈리 골드버그는 말한다.

생기 넘치던 시절이 그리울 때

자기 자신의 마음을 인정하는 법을 배워야 한다. 분명히 말하지만, 글쓰기를 하려는 사람이 가진 건 그게 전부다. 내가 마크 트웨인의 마음을 가질 수 있다면 얼마나 좋겠는가. 하지만 그럴 수는 없다. 나탈리 골드버그는 나탈리 골드버그일 뿐이다.

'나는 나일 뿐이다. 나 자신의 마음을 인정하자. 그 누구도 나를 대신할 순 없다. 나에게는 나만의 마음이 있다.' 작가가 던지는 한 마디 한 마디가 그들처럼 쓸 수 없어 낙담하던 나를 흔들었다. 나는 왜 늘 그들을 기준으로 생각했을까? 그들은 그들이고 나는 나인데…. 내가 그들이 될 수 없는 것처럼 그들 역시 내가 될 수는 없는데….

나는 늘 작가들을 동경했다. 뛰어난 글을 읽으며 감탄한 뒤에는 '나는 이렇게 쓸 수 없다'는 절망감과 '이렇게 쓸 수 있다면 얼마나 좋을까' 하는 부러움에 휩싸였다. 그리고 생각했다. '에이, 이런 건 타고나는 거야. 작가는 뭐 아무나 하나? 평범한 나랑은 아예 다른 종족인걸.'

책을 읽으며 알게 되었다. 누군가를 질투하고 존경하는 감정에는 그들이 가진 것을 욕망하는 나의 소원이 숨겨져 있다는 것을. 언제나 책을 읽고, 열심히 감탄하고, 뜨겁게 질투하며 내가 갖지 못한 것을 한탄했던 시간들 속에는 글쓰기를 사랑하고 소망하는 나의 간절한 열망이 흐르고 있었다.

"나는 작가다, 나는 작가다"

나탈리 골드버그가 내게 말했다. '당신은 당신이 참모습이 어떤지, 당신에게 어떤 능력이 있는지, 당신이 얼마나 위대한지 전혀 모르고 있다'고. 사람들은 자신의 위대함을 끝내 깨닫지 못하기도 하는데, 당신의 진짜 가치를 안다면 더 이상 자신을 학대하거나 두려워하지 않게 될 것이라고 말했다. "열정을 가져라. 당신의 가치를 깨달아라!" 숱한 자기계발서에 등장하는 뻔하고 뻔한 말이 조금도 뻔하지 않게 가슴을 때렸다. 오랜 명상과 수행 끝에 깨달은 바를 솔직하고 따뜻하게 전해주는 그녀의 목소리에 완전히 빠져들어 다짐했다. 내 귓가에서 '너는 능력이 없어, 너는 재능이 없어, 너는 할 수 없어' 속삭이는 훼방꾼을 쫓아버리겠다고.

내가 글을 쓰든 말든, 작가를 꿈꾸든 꿈꾸지 않든, 이 세상 어느 누가 신경을 쓸까. 신경은커녕 관심도 없는 일에 나 혼자 지레 겁을 먹고 눈치를 보고…. 더 이상 나를 평가하지 말자. 그냥 내 마음대로 내가 하고 싶은 걸 하자. 쓰고 싶으면 쓰자. 쓰고 싶은 걸 쓰자. 내가 쓰는 글은 나만 쓸 수 있는 나만의 글이다. 그건 그거대로 가치가 있는 것이다! 내 맘대로, 내 멋대로, 화끈하고 당당하게 자신감 충전!

온종일 일하고 아이를 키우면서 어떻게 글을 쓸 수 있었을까? 바로 간절하게 글을 쓰고 싶었기 때문이다. 당신을 움직이는 것은 바로 그런 간절함이다. 그 일이 당신의 나머지 삶에 얼마나 어울리느냐에 달린 게 아니라는 말이다. 뭔가를 간절히 원하고, 열정으로 불타오르게 하라. 그것이 삶의 동력이 되어 줄 것이다.

결혼 전에야 내가 하고 싶은 걸 자유롭게 할 수 있었지만, 한 남자의 아내가 되고 한 아이의 엄마가 된 후에는 무엇 하나 쉽지가 않은 법. 언제나 빠듯한 외벌이 살림에 보탬이 되는 경제적 활동을 하기는커녕 시간만 축내는 글쓰기를 하겠다니! 이게 지금 제정신인 사람의 생각인가 의구심이 들기도 했지만, 나는 끊임없이 찾아오는 비판자를 몰아내고 나의 간절함을 지키기로 결심했다. 밥하고, 청소하고, 빨래하고, 아이를 씻기고, 챙기고…. 하루 24시간 종종거리며 움직여도 한없이 커져만 가는 마음의 구멍을 채워야 했다. 사라져가는 나를 되찾아줄 시간, 말라

비틀어진 내 삶을 불태워줄 시간, 바닥에 쓰러진 나를 일으켜 움직여줄 시간. 나는 그런 시간을 기꺼이, 최선을 다해 할애하기 시작했다.

나탈리 골드버그는 사람들과 나 자신에게 내가 작가라고 말하기를 주저하지 말라고 말한다. 그 말을 믿든 안 믿든 상관없이, 내가 바보처럼 느껴질지라도 씨앗을 심는 기분으로 말하기! 우연인지 운명인지, 북극곰 출판사의 대표인 이루리 작가와의 만남에서도 같은 말을 들었다. 작가를 꿈꾼다면 지금 이 순간부터 자기를 작가라고 생각하라고, 작가는 별게 아니라고. 자기가 자기를 작가라고 생각하는 순간 작가가 되는 거지, 뭐겠느냐고!

'오늘부터 나는 작가라고 생각하고 글을 쓰는 것.' 그게 바로 작가가 되는 방법이고, 그렇게 완성한 글을 끝없이 투고하면 된다는 말에 '책 쓰기' 폴더를 만들었다. 이야기하고 싶은 주제를 정하고, 콘셉트를 잡고, 개요와 목차를 설계해 한 페이지, 한 페이지를 채운 결과물이 바로 이 책이다.

나는 이렇게 쓰는 글이 한 권의 책이 되어 세상 밖으로 나올 수 있을지 알 수 없었다. 부지런히 발송한 투고 메일은 '죄송합니다'로 시작하는 거절의 답장으로 돌아왔지만 멈추지 않고 묵묵히 갔다. 실패는 없다고, 떠돌아다닐 드넓은 벌판이 있을 뿐이라고. 한 걸음 한 걸음 걷다 보면 당신이 원하는 것과 실제의 당신이 만나 하나가 될 거라고 응원해주는 한 권의 책이 있으니까.

애 딸린 아줌마가 꿈을 꾼다는 것

나를 살아 있게 하는 순간, 나만의 '살아 있어', 나의 운명, 나의 길, 이것만은 반드시 하고 싶다 생각하는 그 무언가. 이런 말은 언제나 버겁고 당혹스러웠다. 서른이 넘도록 내가 정말 무얼 좋아하는지 알지 못했으니까. 나는 내가 무얼 하고 싶은지 진지하게 고민해보지 못했다. 세상은 나에게 물었다. 당신이 해야 할 일이 무엇이냐고, 그걸 얼마나 잘하고 있느냐고. 세상은 나에게 묻지 않았다. 당신이 정말 하고 싶은 일이 무엇이냐고.

우리는 우리가 무엇을 좋아하느냐에 관심을 두는 교육을 받지 못한다. 그저 공부, 공부, 성적, 성적. 성적에 맞춰 대학에 가고, 스펙에 맞춰 직업을 갖고, 학자금 대출에 결혼 자금, 아이들 교육비에 노후 자금까지, 벌어도 벌어도 밑 빠진 독의 물처럼 사라지기만 하는 돈을 벌기 위해 24시간 아등바등 바쁘게 살아간다. 그리고 세상은 우리의 불안을 끊임없이 자극한다. 노후 생활비로 한 달에 218만 원은 있어야 한다고, 지금의 저축으로는 한 달에 28만 원밖에 받을 수 없다고. 자본주의와 신자유주의로 무장한 사회는 우리를 쉴 새 없이 채찍질한다. "아이를 잘 키우고 싶다면 돈을 벌어라! 성공하고 싶다면 돈을 벌어라! 편안한 노후를 누리고 싶다면 돈을 벌어라!" 우리는 그들의 명령에 따라 돈과 땅에 무섭게 집착한다. 벌고 또 벌고, 모으고 또 모으고. 그런데 그렇게 평생을 바쳐 돈을 벌고 난 뒤에 우리에게 남는 것은 무엇일까? 운 좋게 성공해야 간신히 얻을 집 한 채와 어떻게 해야 할지 모를 허무함, 인생에 대한 회의와 우울, 견딜 수 없는 고독이 아닌가?

돈과 건강만 있으면 편안한 노후가 펼쳐질 거란 생각을 지운다. 우리는 먹고살 수 있다고 해서, 크게 아프지 않다고 해서 마냥 행복하게 살 수 있는 존재가 아니니까. 먹고사는 것 이상의 무언가, 인생이 나에게 가져다줄 아픔과 배신을 이겨낼 수 있게 도와줄 무언가, 성취의 기쁨과 즐거움을 전해주는 무언가, 나를 살아 있게 하는 무언가, 나만의 무언가를 놓치지 않겠노라 다짐한다. 지금 잡은 무언가가 진짜 나의 길인지 확신할 수 없지만 일단 걸어본다. 지금 내가 걷는 한 걸음 한 걸음이 데려다줄 그 어딘가를 기대하면서.

생기 넘치던 시절이 그리울 때

애 딸린 아줌마가 꿈을 꾸는 게 부끄러워질 때, 이제 시작해서 무얼 할 수 있을까 불안해질 때, 그런 순간 나는 모지스 할머니를 떠올린다. 75세에 처음 그림을 그리기 시작해 101세까지 1,600여 점의 작품을 남긴 국민 화가 애나 메리 로버트슨 모지스. 그 인생과 그림을 담은 책《모지스 할머니, 평범한 삶의 행복을 그리다》는 이야기한다.

늦었다고 생각하지 마세요. 지금이야말로 가장 고마워해야 할 시간이지요. 진정으로 무언가를 추구하는 사람에겐 바로 지금이 인생에서 가장 젊은 때입니다. 무언가를 시작하기에 딱 좋은 때이죠.

나의 일, 나의 길은 엄마가 되었다고 해서 포기해야 하는 것도, 포기할 수 있는 것도 아니다. 내가 되어야 할 것은 너를 위해 모두 버린 엄마가 아니라 내 삶의 주인공으로 당당하게 살아가는 엄마. 경력단절녀가 된 절망의 순간, 마구 흔들리는 위기의 순간에 머무르지 않겠다. 내 인생에서 가장 젊은 때, 무언가를 시작하기에 가장 좋은 때는 바로 지금, 이 순간이다.

내가 하는 일이
하찮게
느껴질 때

2016년 9월,

책모임 '오전 열 시'를 시작했다.

오전 열 시는

엄마라는 이름을 벗고 다시 여자가 되는 시간.

바쁜 일상 속에서 뒷전으로 밀려난 나를 되찾는 시간.

매주 수요일 오전 열 시, 한 권의 책을 읽고 만난다.

특별한 리더도, 진행도, 규칙도 없다.

가볍고, 편안하게, 부담 없이 늘어놓는

책 수다 한 판을 즐긴다.

한 사람이 한 권씩 함께 읽고 싶은 책을 고른다.

무거운 책과 가벼운 책, 문학과 비문학,

완급을 조절하며 다양하게 읽는다.

여섯 번의 계절이 지나갔고, 50권이 넘는 책이 쌓였다.

같이 읽은 책이 늘어갈수록 우리는 끈끈해진다.

어디에서도 하지 못했던 이야기를 속삭이지만

존대와 존중을 거두지 않는다.

거리를 좁히면서도 거리를 지키는 사이.

너무 가깝지도, 너무 멀지도 않은 특별한 거리.

우리는 서로에게 그런 사이,

그런 거리에 서 있는 사람이 된다.

그 거리에 서서 우리는 함께 자란다.

넓어지고 깊어지고, 환해지고 싱싱해지고…

생기 있게 반짝이는 서로의 얼굴을 본다.

책이 우리를 묶어준다.

책은 인연을 선물한다.

내가 하는 일이 하찮게 느껴질 때

·

·

·

2년 전의 여름, 남편은 직장을 떠나 편의점을 시작했다. 많은 고민 끝에 결정한 일이었지만 하던 일과 전혀 무관한 일을 하려니 걱정이 많이 되었을 터. 그는 매일 밤잠을 이루지 못했고, 새벽마다 산책을 나갔다. 그 모습을 안쓰럽게 지켜볼 수밖에 없는 나는 작은 힘이라도 보태야겠다는 마음으로 개업 후 반년간 매일 가게에 나갔다.

'이런 일'을 해서 어떡하냐고요?

나는 오전 10시부터 오후 3시까지, 아이가 어린이집에 있는 시간 동안 매장을 지켰는데, 시간이 지날수록 안부를 주고받는

내가 하는 일이 하찮게 느껴질 때

단골손님이 많아졌다. 이런저런 이야기를 나누다 보니 자연스레 나와 남편의 관계가 알려졌고, 우리가 부부라는 걸 알게 된 손님들은 매우 놀라워하며 칭찬의 말을 건넸다. "어머, 두 분이 부부셨어요? 저는 당연히 아르바이트생이라고만 생각했어요. 아, 그렇구나. 사모님이셨구나. 사장님 정말 좋으세요! 항상 친절하고 성실하시고. 올 때마다 기분이 좋아요."

그이를 칭찬하는 사람들의 말에 너무도 익숙한 나는 끄덕끄덕, 맞아요 맞아요, 맞장구치며 감사하다 대답했다. 알고 지낸 지 20년이 넘었지만 그에 대해 나쁘게 이야기하는 사람을 본 적이 없다. 온몸에 '사람 좋다'가 쓰여 있는 사람, 누가 봐도 선하고 바른 사람이다. 사람들은 말했다. "사장님은 집에서도 엄청 잘하시죠? 가정적이고 다정하실 것 같아요." 나는 대답했다. "네, 그럼요. 세상에 이런 남편이 없지요. 목소리 한 번 높이는 법 없는 사람이에요." 그럼 이런 말이 돌아왔다. "그러니까요. 요즘 젊은 사람들 같지 않게 정말 성실하시고 착실하시고, 그런 분 처음 봤어요. 이런 일 할 분 같지 않다니까요!"

'이런 일 할 분은 아니다.' 그를 칭찬하는 말에서 빠지지 않고 등장하는 한마디. 언제나 마지막을 장식하는 한마디는 '이런 일 할 분은 아니다'였다. '이런 일'은 나에게도 적용됐다. 편의점을 시작한 지 얼마 되지 않았을 때 매장을 찾아오신 친정아버지와 집으로 돌아가는 길, 아버지는 말씀하셨다. "우리 딸이 이런 일을 할 줄은 몰랐네."

사람들은 말했다. 이런 일을 해서 어떡하냐고, 하루빨리 하던 일을 다시 해야 하지 않겠냐고. 내가 사범대학교를 나와 결혼 전까지 아이들을 가르치는 일을 했다는 걸 알게 된 손님들은 놀란 눈으로 물었다. 그런데 왜 이런 일을 하시느냐고.

사람들의 머릿속에 존재하는 '이런 일'은 대체 어떤 일일까? 이런 일 속에 숨어 있는 수많은 의미를 생각했다. 편의점 일은 직장을 다니는 것보다 우월하지 않은 일, 편의점 일은 아이들을 가르치는 일보다 열등한 일, 착실하고 성실한 사람이 편의점을 하는 것은 안타까운 일. 그렇다면 '편의점 점주'라는 직업에 어울리는 인간상과 행동 양식은 무엇일까? 세상 사람들이 편의점 점주라는 직업에 부여하는 사회적 지위와 계급이 낮은 만큼, 그의 인격과 태도 역시 뒤처지고 미천해야 자연스러운 걸까? 세상의 수많은 직업에는 대체 얼마나 특별한 의미들이 더해져 있는 걸까?

내가 하는 일이 하찮게 느껴질 때

세상은 우리에게 끊임없이 말했다. "그건 미천한 일이야. 아주 하찮은 일이라고. 겨우 그런 일을 하겠다고? 창피하지도 않니? 부끄럽지 않아?" 우리는 그들의 생각에 조금도 동의하지 않았지만, 사람들은 우리를 내버려두지 않았다. 우리는 계속해서 그들의 생각과 기대를 강요당했다. '내가 부끄러워해야 하는 건가? 지금 우리가 하는 일이 하찮은 일이라고 생각해야 하는 건가? 왜 그건 괜찮고 이건 안 괜찮은 거지?'

'이런 일'이라는 돌멩이는 끊임없이 날아왔다. 언제 어디서 날아올지 모르는 돌멩이를 피할 길은 없었다. '이래도 안 깨질까? 이래도 금이 안 간다고?' 어디까지 버틸 수 있나, 어디 한번 보자는 양 수없이 날아오는 돌멩이들이 당당하고 단단하던 우리의 마음을 위협하기 시작했을 때, 수호천사처럼 따뜻하고 든든한 누군가가 우리 앞에 나타났다. 운명처럼 다가온 그녀의 이름은 '르네'. 뮈리엘 바르베리의 소설 《고슴도치의 우아함》 속 주인공이다.

우리에게 날아온 운명의 그녀

르네는 파리의 부촌 그르넬가 7번지 건물에서 27년째 근무하고 있는 수위다. 그녀는 가난했고, 아름다운 외모를 타고나지 못했다. 르네는 부와 미를 갖지 못한 여자의 삶을 너무도 잘 알았다. 자신의 지성은 사회를 향한 환멸과 좌절만 불러올 것이라고, 가난하고 못생긴 여자의 지성은 그 누구도 원하지 않는 쓸데없는 부속품이라고 생각했다. 그래서 수위라는 직업에 어울리는 자신의 모습을 보여주기 위해 노력한다. 방대한 영역의 교양 서적을 읽으면서도 텔레비전을 크게 켜두고, 톨스토이의 문장을 줄줄 외우면서도 사람들 앞에서 일부러 어법에 맞지 않는 말을 골라 한다. 사람들이 수위에게 기대하는 무식함을 충족해주기 위해서, 사람들이 생각하는 수위의 '마땅한 모습'에 부합하기 위해서, 그녀는 기꺼이 최선을 다한다. 건물 사람들에게 그녀는 그저 무식하고 괴팍한, 어디에나 있는 흔하고 흔한 수위일 뿐이다.

세대주 한 번 바뀐 적 없는 아파트 1층 수위실에서 그녀는 자신을 꽁꽁 숨기는 데 성공한다. 하지만 5층에 새로운 사람이 이사를 오면서 위기가 찾아온다. 다른 입주민들처럼 매우 부유하지만, 남다른 눈을 갖고 있는 가쿠로 오즈는 이사 온 첫날부터 르네의 비밀을 감지한다. 그는 상냥하고 따뜻하게 르네에게 다가온다. 그는 톨스토이를 사랑하고, 클래식을 즐겨 듣고, 네덜란드 회화를 좋아하는 르네의 숨겨진 내면을 알아본다. 그는 그녀와 마음을 나누는 벗이 되고 싶어 한다. 가쿠로는 르네를 자신의 집에 초대하고, 저녁을 먹고, 영화를 본다. 그는 르네에게 손을 내민다. 한 발자국, 한 발자국 다가간다. 르네는 그의 손을 잡지 못하고 망설인다. 그와 함께하는 것은 수위에게 어울리지 않는 일, 타고난 지위와 계급에 허락되지 않은 가당찮은 일이라는 생각 때문에!

르네와 가쿠로는 어떻게 되었을까? 모든 줄거리를 늘어놓을 수는 없지만 엄청난 반전이 있다는 이야기는 덧붙이지 않을 수가 없는데, 전체 458페이지 중 19페이지, 겨우 열 장이 되지도 않는 마지막 부분에서 상상치도 못했던 결말이 전개된다. 책을 처음 읽었을 땐 '아니, 지금 장난하나? 이걸 지금 결말이라고 쓴 건가?' 어찌나 황당하고 기가 막히던지 작가를 향한 배신감까지 솟구쳤다. '뭘까? 굳이 결말을 이렇게 쓴 이유가 뭘까? 뭘까? 작가는 무얼 이야기하고 싶었던 걸까?' 보름이 넘도록 고민을 했지만 '이거다!' 싶은 생각이 떠오르지 않았다. 답답해하는 나에게 느낌표를 찾아준 건 남편이다.

"이게 무슨 의미 같아? 무슨 얘기를 하고 싶은 걸까?"

"그냥 그런 거 아냐? 넌 오늘을 어떻게 살 거냐고. 넌 오늘을 어떻게 살고 있느냐고. 세상이 시키는 대로 적당히 맞춰서 살 거냐, 지금 이 순간 하고 싶은 걸 하면서 살 거냐. 좋아하는 사람과 당당하게 사랑을 할 거냐, 나한텐 어울리지 않는 사람이라 생각하며 포기만 할 거냐. 그런 거 아냐? 그거 같은데?" 남편의 말을 듣고 나니 번개가 번쩍! '아! 내가 쓸데없이 먼 길을 돌아 돌아 머리만 굴려댔구나!' 깨달음이 날아왔다. 그리고 떠올랐다. 르네가 했던 한마디가.

무작정 기둥을 오르는 애벌레들

삶의 가치를 어떻게 결정지을까? 어느 날 팔로마가 내게 말했다. 중요한 건 죽는 것이 아니라, 죽는 순간에 뭘 하는가라고. 죽는 순간에 난 뭘 했지? 내 가슴의 온기 속에 이미 준비된 답을 가지고 나는 나 자신에게 묻는다. 나는 무엇을 했는가? 나는 다른 사람을 만났고, 사랑할 준비가 되어 있었다.

르네가 나에게 말했다. 삶의 가치는 그 사람이 '무엇을 이루었느냐'에 있는 것이 아니라 그 사람이 죽는 그 순간 '무엇을 했느냐'에 있다고. 중요한 것은 삶을 통해 이룬 '성과나 결과'가 아니라 하루하루 수없이 반복되는 '매 순간의 오늘 무엇을 하는가'

에 있다고.

해도 해도 티가 나지 않는 집안일을 하다 보면 속절없는 허무함에 휩싸인다. 거기서 벗어나고자 열심히 책을 읽고 글을 쓰지만, 이게 다 무슨 소용인가 하는 좌절감이 찾아온다. 매일 반복되는 모든 일과가 무가치하게 느껴질 때, 나는 아무 힘도, 조금의 쓸모도 없는 존재라는 생각에 한없이 우울해질 때, 한 권의 책이 나를 위로했다. 아무 성과도, 어떤 결과도, 한 푼의 돈벌이도 없는 너의 하루도 충분히 가치 있는 삶이라고. 소설에서 6층에 살고 있는 천재 소녀, 국회의원 아빠에 문학박사 엄마와 엘리트 언니를 둔 팔로마는 이렇게 말한다.

우리 식구가 만나는 사람들은 다 같은 길을 걷는다. 젊어서는 자신의 지식을 이용해 수익을 올리려 애쓰고, 학력을 레몬처럼 쥐어짜지위를 높이려 애쓰고, 엘리트라는 위상을 확보하려 애쓰고, 이어평생 그런 희망들을 애써 품어봤자 결국 헛된 것임을 어리둥절 깨닫는다. 사람들은 별을 보며 간다고 믿지만 결국 어항 속 빨간 금붕어 신세가 되고 마는 것이다. 인생이 부조리하다고 처음부터 애들한테 가르쳐주면 진짜 간단한데 왜 그러지 않는지 이상할 뿐이다.

과하게 똑똑한 이 소녀는 너무 일찍 세상의 부조리에 눈을 뜬다. 그리고 결심한다. 열세 살이 되는 생일날 수면제를 먹고 아파트에 불을 질러 자살을 하겠다고. 돈과 지위, 권위를 위해 애쓰지만 사실은 어항 속 빨간 금붕어 신세일 뿐이라는 팔로마의 말이 가슴에 박혔다. 지금 내 모습이 이런 모습은 아닌가? 나도 모르게 나 자신을 돌아보게 만드는 말. 작은 어항 속의 빨간 금붕어들, 좁고 좁은 어항 속에서 뻐끔거리는 금붕어를 생각하니 동화《꽃들에게 희망을》의 애벌레들이 떠올랐다.

기둥 위에 무엇이 있는지도 알지 못한 채 무작정 기둥을 오르는 애벌레들. 모두가 오르고 있으니까 나도 오르는 애벌레들. 기둥의 끝에 아무것도 없음을 확인하고도 믿지 못하는 애벌레들. 거기엔 아무것도 없다고 말하는 다른 애벌레의 말을 믿지 못하는 애벌레들…. 기둥을 오르는 애벌레들은 내 삶의 목적과 목표를 모두 잊은 채 그저 남들이 가는 대로 숨 가쁘게 달리고만 있는 우리네 모습과 닮았다.

우리 부부가 사는 법

우린 애벌레의 삶을 거부했다. 그래서 직장을 떠나 편의점을 시작했다. 원래 그의 직업은 엔지니어, OLED와 반도체 공정을 개발하는 일을 했다. 기계 다루는 일을 좋아한다. 끊임없이 시도

하고 또 시도하며 실험하는 것을, 수많은 가설을 세우고 검증해 가는 것을 즐기는 사람. 그는 열심히 일을 했지만, 회사의 근무 시간은 상식적으로 이해할 수 없는 수준이었다. 아침에 나간 사람이 다음 날 정오에 들어와 다시 출근을 하는 게 당연한 일상. 쉬는 주말 같은 건 꿈꾸기도 힘든 일상. 자정 가까운 시간에 퇴근하는 게 선물인 일상.

말도 안 되는 근무 환경에 무너진 사람은 나였다. 독박 육아로 지칠 대로 지친 나는 언제 무슨 짓을 해도 이상하지 않을 만큼 위태로운 우울증에 빠졌고, 그런 아내를 위해 그는 이직을 선택했다. 회사 근처에 자리 잡았던 신혼집을 정리하고 친정 가까운 곳으로 이사를 했다. 가슴 졸이는 공백 기간이 있었지만, 그는 출퇴근이 가능한 거리의 회사에 취직을 했다. 하지만 몇 개월이 지나지 않아 회사가 지방으로 이사를 가게 되었고, 그는 왕복 5시간 거리를 오가야 했다. 새벽 2시에 집에 들어와 3시간 쪽잠을 잔 뒤 5시에 다시 출근을 하는 생활은 지속 가능한 일상이 아니었다. 그는 공장 한편에 마련한 임시 숙소에서 기숙사 생활을 시작했고, 우리는 그렇게 주말부부가 되었다.

나는 그가 없는 일상에 익숙해졌다. 다시 시작된 독박 육아로 정신없는 나에겐 타지에서 홀로 일하는 남편을 보듬어줄 마음의 여유가 없었다. 나는 1년이 채 가기도 전에 그에게서 멀어졌다. 알면서도 모르는 척, 갈수록 멀어져만 가는 거리를 느끼며 데면데면 어색한 시간이 쌓여갈 무렵, 회사는 그에게 법과 정의에 어긋나는 업무를 지시했다. 그는 조심스럽게 회사를 그만둬도 괜찮겠느냐 물어왔고, 나는 흔쾌히 동의했다. 그리고 그렇게, 그는 다시 집으로 돌아왔다.

매일 남편이, 아빠가 집에 있는 일상. 집으로 돌아온 그는 말했다. 떨어져 있는 시간 동안 나에게서 멀어진 걸 알고 있다고. 이제 다시 돌아왔으니 조금씩 그 거리를 좁혀보겠노라고. 우리 다시 친해지자고. 우린 다시, 친해질 수 있다고. 그는 혼자 떨어져 있던 시간을 외국인 노동자 같았던 삶이라 했다. 늦은 밤까지 정신없이 일하고 공장 바로 옆의 컨테이너 박스에 들어가 누우면 그렇게 우리 생각이 났다고, 당신이 멀어지는 동안에도 나는 늘 당신이 그리웠다고, 언제나 당신과 아이 생각만 가득했다고, 입 밖으로 한 번도 꺼내지 않았던 이야기들을 풀어놓았다. 나는 나의 고단함에 파묻혀 그의 아픔과 괴로움을 들여다보지 못했다. 내가 얼마나 부족한 아내였는지를 그때야 깨달으며, 우리는 멀어졌던 거리를 좁혀갔다. 새로운 직장을 찾기 시작했다.

내가 하는 일이 하찮게 느껴질 때

우리는 출퇴근이 가능한 거리에 있으면서 최소 하루 1시간 아이와 함께 시간을 보낼 수 있는 직장을 원했다. 하지만 현실의 벽을 깨닫는 데에는 그리 긴 시간이 걸리지 않았다. 대한민국에서 네 살짜리 아이와 하루 1시간 자유롭게 시간을 보낼 수 있는 회사를 찾기란 불가능에 가까웠다. 세 식구가 함께 살기 위해 그는 전공과 경력, 연봉 모두를 포기했다. 우리는 반드시 필요한 우리 가족의 최저 생계비를 정하고, 가지고 있는 돈 안에서 할 수 있는 일, 근무 시간을 탄력적으로 조절할 수 있는 일을 찾았다. 그리고 우리는 편의점을 시작했다.

자리를 잡기까지 1년 동안 그는 하루에 18시간을 일했다. '이런 일을 해서 어떡하냐'는 소리를 들으며 전에 받던 연봉에 한참 못 미치는 돈을 벌어야 했지만 우리는 행복했다. 셋이 함께하는 일상 속에서 그동안 잃어버렸던 남편이라는 자리, 아빠라는 자리를 되찾을 수 있었으니까. 자리가 잡히고 매출이 오르면서 벌이도 좋아졌는데, 매달 오른 수입만큼 아르바이트생을 더 고용했다. 평일 중 이틀은 오후 3시에 퇴근하기! '더 많이 벌기' 대신 '더 많이 함께하기'를 선택하면서 그야말로 혁명적인 일상을 보내기 시작했다. 주 5일, 하루 14시간 근무 중 단 이틀을 7시간으로 줄였을 뿐인데, 삶의 질은 180도 달라졌다. 셋이 함께 저녁을 먹고 뒹굴뒹굴 책을 읽다 잠이 드는 평범한 일상의 즐거움이 얼마나 위대한지를 깨달았다. 처음엔 '장사가 잘되는 여름에만'이라는 단서를 달고 시작했지만, 아르바이트생에게 월급을 주고 나면 남는 게 거의 없는 겨울에도 그만둘 수 없었다. 모아놓았던 돈을 야금야금 꺼내 쓰면서도 포기할 수 없었던 일상의 마법. 우리는 생존에 필요한 최소한의 생활비만을 추구하는 가족 경제를 선택했다.

"나도 다시 일을 할까? 돈도 안 되는 책 읽기랑 글쓰기 같은 건 이제 그만둬야 하지 않을까?" "아르바이트생을 좀 줄일까? 월급 주고 나면 200만 원도 안 남는데…. 돈을 좀 더 벌어야 하지 않을까?" 우리는 종종 흔들리고, 그럴 때마다 묻는다. 그럼 약속이나 한 듯 같은 답이 돌아온다.

"아니! 돈을 더 벌면 뭐? 지금 당장 못 먹고 사는 것도 아니잖아. 빚지지 않고 잘 살고 있는데 뭐. 덜 쓰고 맞춰서 살면 돼."

일의 가치를 돈으로 평가하는 자본주의 사회에서 우리가 하는 수많은 일은 매우 쉽게 열등하고 하찮은 일로 치부된다. 하지만 우리의 삶은 그저 돈으로만 채워지지 않는다. 생존을 위해 돈이 꼭 필요하긴 하지만, 그것만으로 행복하고 충만한 삶이 완성

되지는 않으니까. 부와 명예, 성공을 향해 달려가는 목표 지향적인 인생 대신 삶의 다양한 영역을 고루 채워가는 균형 잡힌 인생을 살고 싶다. 돈과 사업뿐만 아니라 건강과 가족, 끊임없는 공부와 인격 수양, 피할 수 없는 고독의 순간 나에게 손 내밀어줄 수 있는 사람들과, 오롯이 즐거움을 위한 놀이까지 모두를 고루 중시하고 싶다.

60대의 남자가 얼마나 섹시할 수 있는지 절절하게 보여주는 소설《그리스인 조르바》의 조르바는 말한다. '내게 중요한 것은 오늘, 지금 이 순간에 일어나는 일'이라고. 한 번뿐인 인생! 순간에 집중하는 삶! 조르바는 지금 이 순간에 충실하며 음악과 춤을 사랑한다. 매 끼니 먹는 식사를 숭고한 의식으로 여기며 고기 한 점, 빵 한 조각, 포도주 한 모금에 흠뻑 취해 감탄한다. '나는 오늘의 세 끼를 어떻게 먹고 어떤 하루를 보냈던가? 나는 어떤 하루를 살고 있는가?' 조르바는 우리가 어디로 가고 있는지 짐작조차 할 수 없다고 두려워하는 '나'에게 말한다. "그런 걱정 하지 않아도 됩니다. 그저 해나가면 되는 겁니다. 그저 해나가기만 하면 돼요!"

편의점 계약 기간은 몇 달이 남지 않았고, 그리 멀지 않은 시기에 최저 임금 1만 원 시대가 열릴 것이다. 우리는 누구보다 그 시대를 기다리고 희망하지만, 프랜차이즈 본사의 일방적인 횡포가 함께 개선될 수 있을지 확신할 수 없다. 우리가 과연 내년에도 이 일을 할 수 있을지, 당장 1년 뒤의 일도 예측하기 힘든 불안한 오늘이지만 우리는 오지 않은 내일의 고민에 얽매이지 않기로 한다.

내일의 문제는 내일의 나에게! 오늘의 나는 오늘에 충실하게! 함께여서 행복한 오늘에 집중하며 하루하루 최선을 다한다면 우리의 내일 또한 반짝일 거라 믿고 간다. '이런 일'이라는 그들의 틀에 얽매이지 않고 우리만의 오늘을 산다. 세상의 강요에서 벗어나 우리만의 행복을 찾는다. 우리는 오늘도, 지금 이 순간을 누리는 삶을 산다.

내가 하는 일이 하찮게 느껴질 때

남편이 마냥
귀찮고
성가실 때

1년에 100권 읽기를 목표로 달린 2016년,

나는 완독한 모든 책을 기록했다.

표지 사진을 찍고, 숫자를 달고,

짤막한 감상평을 덧붙여 글을 올렸다.

일주일에 한 번이 보름에 한 번,

한 달에 한 번으로 벌어졌지만 멈추지 않았다.

12월을 마무리하며 작성한 독서 일기의

마지막 번호는 161.

총류·철학 26권, 사회 27권, 역사 7권, 과학 14권,

예술·언어 6권, 한국 문학 48권, 외국 문학 33권,

총 161권의 책을 읽었다.

믿을 수 없는 성적표를 받아 든 아이처럼

짐짓 당황했다.

이렇게 많은 책을,

한 권도 빠짐없이 기록하며 읽게 될 줄이야!

다섯 페이지의 독서 목록 속에 나의 간절함이 있었다.

잃어버린 나를 찾기 위해서,

6장. 서재에서 더한 사랑

나라는 사람으로 존재하기 위해서,

다시 나를 사랑하기 위해서 절실했던 내가 거기에 있었다.

161권의 책과 함께.

애처롭게 매달린 나를 그네들이 토닥였다.

나는 그네들의 위로와 응원을 따라 걸었다.

매일 한 걸음씩, 365개의 발자국을 지나오자

쓸쓸하고 심란했던 연말이 사라졌다.

허무하고 우울했던 마음이 사라졌다.

나는 이제 기다린다.

내년의 나, 마흔의 나, 황혼의 나, 백발의 나,

책과 함께 자라고 여물어, 반짝이다 떨어지고

저물어 사라질 나,

그 언젠가의 모든 나를 기다리며

나는 이제 나를 기대한다.

남편이 마냥 귀찮고 성가실 때

．

．

．

여자들이 평생 잊지 못한다는 임신 중의 서운함이 나는 없다. 기억을 더듬고 더듬어도 두고두고 되뇔 만큼의 사건이 떠오르지 않는다. 하지만 우리 집에는 서운의 '서' 자만 들어도 튀어나오는 애증의 사건이 있다. 잊을 수 없는 서운함의 대명사, 그 애절한 기억. 그가 격앙된 목소리와 벌게진 얼굴로 한 글자 한 글자 꾹꾹 눌러 재현하는 그날의 사건은 출산 2개월 차 어느 날에 벌어졌다.

잊지 못할 서운함, 리얼한 러브스토리

그의 말에 따르면(나에겐 존재하지 않는 사건이므로 전적으로 그의 기억으로 구성된다. 누군가에게 잊지 못할 사건이 누군가에게는 눈곱만큼의 기억도 없는 사건이라니. 인간의 기억은 때때로 놀라우리만큼 잔인하다.) 그는 평소와 달리 일찍 퇴근을 했고 샤워를 하고 나와, 수유를 하고 있는 내 곁으로 걸어왔다. 그리고 내가 말했다. "왜 거기다 대고 재채기를 해? 아기 손수건 위에 다 튀잖아!"

아기 빨래를 널어놓은 건조대를 지나면서 재채기를 한 남자. 아기 빨래에 '감히' 침을 날린 그를 노려보며 타박한 여자. 나는 기억이 전혀 없지만(진심이다!) 내가 어찌나 눈을 부라리며 성을 내던지 그는 순간 눈물이 쏟아질 뻔했다고 고백한다. '아니, 내가 아기 빨래만도 못한 존재인가? 그까짓 손수건에 침 좀 튀긴 게 그렇게 잘못한 일인가!' 아기에게 밀려 뒷방 신세가 된 건 어쩔 수 없다지만 아기 손수건만도 못한 취급은 참을 수 없는 서러움이었다고, 그는 기회가 될 때마다 이야기하고, 이야기하고, 또 이야기한다. 그날의 사건은 그가 절대 잊지 못할, 잊을 수 없는 궁극의 레퍼토리가 되었다.

많은 사람이 사랑의 종착역을 결혼이라 말하지만, 나는 낭만적인 연애와 사랑, 그 후 진짜 리얼한 러브스토리는 출산 후에 펼쳐진다고 단언한다. 6년이라는 짧지 않은 연애 끝에 결혼했지만 아이를 낳기 전의 일상은 연애 시절과 비슷했다. 각자의 집으로 들어가면서 마무리되던 데이트의 끝이 취침으로 달라진 정도랄까. 우리는 서로의 방식을 존중하고 다름을 인정하는, 아주 이상적인 룸메이트였고, 흔한 부부 싸움 한 번 하지 않았다. 하지만 아이가 이 세상에 나온 순간 모든 것이 달라졌다. 결혼이 서울에서 부산으로 옮겨 가는 지역 이사 수준이라면, 출산은 지구에서 화성으로 옮겨 가는 행성 이동 차원이랄까. 작디작은 아이는 우리가 만들고 유지해온 모든 것을 뒤집었다.

> **출산 다음 날 아침, 간호사들은 배앓이에 관한 안내장과 예방 주사에 관한 안내장을 제외하고는 다른 어떤 지침이나 조언 없이 새 가족을 퇴원시킨다. 아기보다는 일반 가전제품이 더 상세한 취급 설명서와 함께 온다.**
>
> **— 알랭 드 보통, 《낭만적 연애와 그 후의 일상》**

이 문장을 읽고 얼마나 웃었는지! 정말 그렇지 않은가. 아이는 가전제품의 설명서보다 못한 예방접종 안내문 한 장과 함께 온다. 나는 아이를 키운다는 게 어떤 것인지 전혀 알지 못한 채 집으로 돌아왔다. 나의 일상은 하루아침에 180도 달라졌고, 나는 하루하루를 그저 버텨내기 급급했다. 태어나 처음 겪어보는 육아의 세계는 극한을 넘어섰다. 먹고, 자고, 싸고 싶은 인간의 원초적인 욕구조차 해결할 수 없는 세상이라니. 남편은 매일 자정이 넘어서야 들어왔고, 거대한 아기 욕조에 물을 받아 나르는 일로 시작되는 아기 목욕도, 하루에 두 번씩 해야 하는 기저귀 빨래도, 단 5분도 누워서 자지 않는 아이를 안고 재우는 일도 고스란히 나의 몫이었다.

그는 최선을 다해 노력했지만 그건 어디까지나 도움일 뿐. 육아의 주체는 '우리'가 아닌 '나' 한 사람이었고, 아빠 육아는 조건이 허락하는 선에서만 발현되는 한정적 손길이었다. 일상의 고단함은 끝없이 반복되었고, 참을 수 없는 억울함은 그를 향한 시기와 질투로 터져 나왔다. '왜 나만 이렇게 힘들어야 하지? 왜 나만 이렇게 망가져야 해?' 매일 아침 출근하는 그를 보며 생각했다. 어쩔 수 없다고, 다른 답이 없다고, 이게 우리의 최선이라고, 나를 도닥였지만 도저히 삼켜지지 않는 마음이 치밀어 오르는 날에는 그에게 울부짖었다.

"당신은 좋겠다. 그러고 나가면 사람들도 만나고, 차도 마시고, 밥도 먹고, 화장실도 갈 수 있지? 내가 하는 일은 말 한 마디

6장. 서재에서 더한 사랑

나눌 사람도 없는 골방에 처박혀서 화장실 한 번 마음대로 못 가
는 일이야. 하루 24시간 퇴근도 없고, 끝도 없고, 단 2시간도 편
하게 잘 수 없는 일. 내가 했던 모든 일을 포기해야 하는 일. 내
가 갖고 있던 전부를 잃어야만 하는 일. 하루아침에 내 모든 게
뒤집혀버리는 일…. 왜 나만 이런 일을 해야 해? 왜 나만 이렇게
달라져야 해? 나 혼자 만들어서 낳은 아이가 아니잖아. 우리 아
이잖아. 당신 아이이기도 하잖아. 그런데 왜 나만 이렇게 추락해
야 해?"

　물론 그가 누구보다 열심히 애쓰고 있다는 걸 알고 있었다.
그건 그의 잘못이나 부족함이 아니라는 것도, 이건 우리 사회 구
조의 문제라는 것 또한 알고 있었다. 하지만 지치고 고단한 나에
겐 화풀이의 대상이 필요했다. 체력의 한계에 부딪힌 나에게 논
리적이고 합리적인 이성이 발현될 여유는 없었다. '왜 그에겐 밤
새도록 멈추지 않고 계속되는 저 울음소리가 들리지 않을까?'
잠들 수 없는 고문의 시간을 보낼 때마다 분노가 치솟았다. 드르
렁드르렁 코를 골며 자고 있는 그 모습이 어찌나 얄미운지! "너
는 참 잘 잔다! 너는 잘 자! 코까지 골면서 아주 신나게 잔다!"
이불 밖으로 삐져나온 그의 다리를 걷어차며 한껏 비아냥거렸
다. 본인은 절대 몰랐을 테지만. 상황이 이러하니 친밀한 스킨십

이나 은밀한 접촉은 가당치도 않은 일. 관계를 갖고 싶다는 생각은커녕 찰나의 손길조차 성가셨다. 나의 성욕은 상당히 오랜 기간 완벽하게 제로 상태였는데, 그런 시간이 지속될수록 죄책감이 쌓여갔다.

오래도록 성욕이 생기지 않았던 이유

'이렇게 오랫동안 지속적으로 잠자리를 하지 않아도 되는 건가? 이렇게 일방적인 관계 거부가 정당한 건가? 내가 너무 나만 생각하는 게 아닐까? 상대에 대한 배려가 없는 걸까? 아내로서의 직무 유기인가? 이것도 하나의 폭력일 수 있을까?'

하루가 끝나면 대개 커스틴은 라비가 만지는 것조차 꺼려한다. 더 이상 그를 소중히 여기지 않아서가 아니라, 또 다른 사람에게 자신을 더 내어주는 모험을 감당할 수 없을 것 같아서다. 다른 사람이 옷을 벗겨주는 것이 특별한 기쁨으로 느껴지려면 먼저 어느 정도는 자발성이 필요하다. 하지만 그녀는 너무 많은 질문에 대답을 했고, 작은 발을 너무 여러 번 신발에 욱여넣었으며, 너무 많이 달래고 간청했다. 라비의 손길은 방치했던 내면과의 오래 미뤄둔 교감을 가로막는 또 하나의 장애물처럼 느껴진다. 그녀는 자신의 정체성이 더 많은 요구로 더 흩어지게 놔두기보다는 그녀 자신을 단단하고 조용히 붙들고 있고 싶다. 뭐라도 더 추가된다면 거미집처럼 얇은 사적 존재의 껍질이 부서질 기미다. 자기 자신의 생각을 다시 알 기회를 충분히 얻기 전까지는 그녀 자신을 타인에게 주는 것이 전혀 기쁘지 않다.

- 알랭 드 보통, 《낭만적 연애와 그 후의 일상》

떠다니는 질문을 안고 괴로워하던 즈음, 소설인지 르포인지 모를 알랭 드 보통의 문장을 읽고 온몸에 소름이 돋았다. 앓던 이가 빠진 것처럼 속이 시원해지는 감정이랄까, 뿌옇게 시야를 가리고 있던 안개가 걷히는 기분이랄까. 나도 내가 왜 이러는지 설명할 수 없어 답답할 때, 막연하게 느껴지는 감정을 어떻게 표현해야 할지 몰라 난감할 때, 그저 둥둥 부유하는 감정의 실체를 붙잡아 이렇게 깔끔하게 보여주는 문장을 만나다니!

이건 절대 우연일 수 없다고, 이건 운명이라고, 나보다 내 마음을 더 잘 알아주는 그에게 절이라도 올려야 한다고 한껏 흥분해서 소리쳤다. "맞아, 맞아! 그래, 그래! 이게 내 마음이었어! 내가 그랬던 거야! 내 마음이 그랬던 거라고!"

남편이 마냥 귀찮고 성가실 때

체력 저하와 호르몬의 영향은 출산 후 1년여만을 설명할 수 있을 뿐이었다. 2년 후에도, 3년 후에도 지속되는 나의 상태를 설명할 길이 없어 막막하던 나에게 알랭 드 보통이 말했다. 성욕이 생기지 않는 이유, 남편의 작은 손길마저도 반갑지 않은 이유에는 '잃어버린 나'가 존재한다고, 당신에게 필요한 것은 사라진 나를 되찾는 시간이라고. 당신은 이제 한없이 부족하기만 한 나 자신과의 교감을 충전해야 한다고.

"당신은 내가 재밌는 줄 알지, 이 모든 게. 그렇지?"
그녀가 마침내 입을 여는데, 여전히 그를 보지 않는다.
"끊임없이 날 지치게 하고, 화나게 하는 어여쁜 두 아이와 신경쇠약 문턱까지 간 아주 흥미로운 남편을 건사하기 위해 내 경력의 황금기를 날려버리고 있는 게? 당신은 내가 열다섯 살에 제메인 그리어의 망할 〈거세된 여성〉을 읽을 때 이런 삶을 꿈꿨다고 생각해? 일주일 내내 이 집이 제대로 돌아가게 하려고 내 머리가 하잘 것없는 생각들로 얼마나 복잡해지는지 알아?"

- 알랭 드 보통,《낭만적 연애와 그 후의 일상》

"그래도 지영아, 잃는 것만 생각하지 말고 얻게 되는 걸 생각해 봐. 부모가 된다는 게 얼마나 의미 있고 감동적인 일이야. 그리고 정말 애 맡길 데가 없어서, 최악의 경우에, 네가 회사 그만두게 되더라도 너무 걱정하지 마. 내가 책임질게. 너보고 돈 벌어 오라고 안 해."

"그래서 오빠가 잃는 건 뭔데?"

"응?"

"잃는 것만 생각하지 말라며. 나는 지금의 젊음도, 건강도, 직장, 동료, 친구 같은 사회적 네트워크도, 계획도, 미래도 다 잃을지 몰라. 그래서 자꾸 잃는 걸 생각하게 돼. 근데 오빠는 잃는 게 뭐야?"

- 조남주, 《82년생 김지영》

서양이나 동양이나, 이 집이나 저 집이나, 아이를 낳아 키우는 여자들의 일상은 왜 이렇게 닮았을까. 먹이고, 씻기고, 치우고, 달래고, 어르고, 닦아대며 경력의 황금기를 날려버린 엄마들. 젊음도, 건강도, 직장도, 동료도, 친구도, 계획도, 미래도 잃어버린 엄마들의 마음속엔 성욕이 들어갈 자리가 없다. 뻥 뚫린 가슴은 섹스가 선사하는 강력한 쾌감마저 앗아갔다. 여자라는 이유로, 엄마라는 이유로, 너무도 많은 것을 잃어야 했던 내 가슴속에는 남자라는 이유로, 아빠라는 이유로, 나와는 너무도 다른 일상을 유지하는 그를 껴안고 어루만질 자리가 존재하지 않았다.

남편이 마냥 귀찮고 성가실 때

그러나 당연히, 그는 아직 첫걸음도 떼지 못했다. 그와 커스틴은 결혼을 하고, 난관을 겪고, 돈 때문에 자주 걱정하고, 딸과 아들을 차례로 낳고, 한 사람이 바람을 피우고, 권태로운 시간을 보내고, 가끔은 서로 죽이고 싶은 마음이 들고, 몇 번은 자기 자신을 죽이고 싶은 마음이 들 것이다. 바로 이것이 진짜 러브스토리다.

- 알랭 드 보통, 《낭만적 연애와 그 후의 일상》

결혼과 출산, 그 후에 시작되는 진짜 러브스토리. 우리 부부의 진짜 러브스토리는 매년 스펙터클하게 펼쳐졌다. 결혼을 한 그해에 이뤄진 임신과 출산, 극심한 우울증. 보다 안정적인 환경을 위해 첫 번째 직장을 떠나 이사를 했지만 이내 주말부부와 권태기가 이어졌고, 우리가 우리 자신을 위해 선택한 결과는 또 한 번의 퇴사와 편의점, 평일 중 이틀은 아빠가 아이를 돌보는 일상, 그 이틀간 엄마가 자유로운 우리만의 일과였다.

매주 목요일과 금요일, 아이가 아빠와 둘만의 데이트를 즐기는 동안 나는 혼자 책을 읽고 글을 썼다. 혼자만의 시간이 더해질수록, 내가 읽은 책이 많아질수록, 내가 쓴 글이 쌓여갈수록 내 마음의 구멍이 작아졌다. 사라졌던 내가 채워지는 만큼 그를 향한 관심과 애정이 커져갔고, 그렇게 우리는 조금씩, 서서히, 다시 가까워졌다.

완벽한 행복은 아마 한 번에 5분이 채 넘지 않을, 작고 점진적인 단위들로만 찾아온다는 것을 그는 알고 있다. 이 순간은 두 손으로 붙잡아 소중히 간직해야 할 행복이다.

- 알랭 드 보통, 《낭만적 연애와 그 후의 일상》

순간순간 찾아오는 행복을 느낄 수 있게 되자 그동안 바라봐주지 못했던 그의 모습이 보이기 시작했다. 내 옆에서 곤히 잠든 그의 얼굴, 아이를 바라보며 활짝 웃는 그의 표정, 내 눈을 응시하는 그의 눈빛. 반복되는 일상 속에서 잃어버린 찰나의 반짝임이 아스라이 떠오르자 암흑 속에 숨어 있던 그의 아픔과 고뇌가 드러났다. '이 사람은 얼마나 힘들었을까. 이 사람은 얼마나 고단했을까. 나도 지친다, 나도 피곤하다, 한 마디 말도 못한 채 얼마나 외로웠을까.' 분주하게 일터로 향하는 그의 뒷모습을 볼 때마다 아린 가슴을 부여잡고 고민했다. '그를 위해서 나는 무엇을 할 수 있을까? 그의 행복을 위해서 내가 할 수 있는 게 없을까?'

소리 없이 한참을 울었다

그를 향한 애잔함이 출렁댔지만 머릿속 생각을 몸으로 옮기는 건 어려웠다. 반복되는 일상은 더없이 감사한 일을 지극히 당연한 일로 만들어버렸고, 나의 하루는 여전히 아이를 중심으로 돌아갔다. 쉬이 실현되지 않던 막연한 소망을 절실한 간절함으로 바꿔준 건 한 권의 그림책이다. 도서관 서가에서 우연히 만난 그림책《씩씩해요》는 내 마음과 몸을 강렬하게 뒤흔들어 하루를 넘기지 못하고 사라지던 다짐과 결심을 다잡아주었다.

그건 아주 무서운 사고였대요. 아빠 차는 공중에서 크게 한 바퀴를 돌았다고 했어요.

새빨간 화면, 자동차 두 대. 무서운 사고가 일어났다. 아빠는 온갖 줄을 달고 병원 침대에 누워 있다. 아이는 수술실 앞에 쪼그려 앉아 아빠가 나오기만을 기다린다. 책장이 넘어가고, 엄마는 바빠진다. 엄마는 아침 일찍 일어나 새로 구한 일터에 나가고, 아이는 너무 넓은 식탁에 혼자 앉아 밥을 먹는다. 아이는 혼자 해야 하는 것들이 많아지고, 그런 일상이 힘겹지만 그런 하루는 이어진다. 어느 날 엄마는 아이를 데리고 산에 오른다. 그리고 웃으며 말한다. "이제부터 우리 둘이 씩씩하게 사는 거야. 알았지?"

아이는 달라진다. 혼자서도 할 줄 아는 것들이 많아지고, 혼자여도 괜찮은 것들이 많아진다. 엄마도 마찬가지. 엄마는 이제 운전을 하고, 전구를 갈아 끼우고, 하지 않았던 일을 척척 해내기 시작한다. 아빠는 사진 속에서 아이를 보며 웃는다. 늘 같은 자리에서, 아주 활짝. 아이는 그런 아빠를 보며 함께 웃는다. 그리고 이야기한다. "나는 씩씩해요."

너무 씩씩해서, 너무 대견해서, 너무 기특해서 반짝이는 아이의 얼굴을 어루만지며 울었다. 단순한 색과 선, 짧은 문장이 만들어낸 폭풍 안에서 소리 없이 한참을, 조용히 울었다. 사랑하는 이를 잃은 아픔은 마음의 준비 따위로 덜어질 수 없다. 현실로 닥친 죽음 앞에서는 처절하게 무너질 수밖에 없다. 가까운 이의 죽음은 가슴을 조여오는 두려움을 몰고 온다. 나는 내가 가장 외면하고 싶어 했던 남편의 죽음을 마주했다.

뜨겁게 연애를 하던 시절, 그를 잃을 수도 있다는 생각에 엄청난 공포를 느낀 적이 있다. 특별할 것 없는 아주 평범한 어느 날이었다. 밑도 끝도 없이 이런 생각이 들었다. '갑자기 이 사람이 사라지면 나는 어떡하지? 이 사람이 교통사고라도 당하면? 죽을병이라도 걸리면? 그럼 나는 어떻게 해야 하지?' 어찌할 새도 없이 걷잡을 수 없는 두려움에 휩싸였다. 과호흡 증상처럼 가

숨이 막혀 숨을 헐떡였다. 태어나 처음 느껴보는 공포였다. 당장이라도 숨이 멎을 것 같은 압박감에 눈앞이 캄캄해졌던 날. 그날 나는 사랑하는 사람을 잃을지도 모른다는 공포의 격렬함을 처음 마주했다.

시간이 흘러 흘러 팔뚝 굵은 아줌마가 된 나는 이제 숨을 헐떡이며 두려워하진 않는다. 사랑하는 이들의 죽음이 피할 수 없는 인생의 한 부분이라는 것도 알게 되었고, 예기치 않은 어떤 순간 내가 감당하고 넘어야 할 산으로 찾아올 일이라는 것도 어느 정도는 받아들일 수 있게 됐다. 하지만 이 사람이 언제 내 곁을 떠날지 모른다는 불안감은 여전히 존재한다. 내 마음 한구석에는 언제나 깊은 불안과 걱정, 두려움이 자리한다. 새해 카드에 적는 당부는 언제나 '올해도 건강하게, 오래오래 함께 살자', 출근하는 그에게는 "운전 조심해. 집에 있는 나랑 아이를 생각하라고", 시시때때로 하는 협박은 "우리만 두고 일찍 죽기만 해봐! 내가 저승까지 쫓아가서 가만두지 않을 거야!"

시아버지의 장례를 치르며 봤던 그의 뒷모습이 여전히 또렷하다. 내가 처음으로 바라본 그의 뒷모습, 결코 잊을 수 없는 그의 뒷모습. 3일 내내 한없이 지켜보았던 그의 뒷모습은 그가 그의 아버지처럼 내 곁을 너무 일찍 떠날지도 모른다는 두려움과 불안으로 가슴속에 선명하게 각인됐다.

그림책의 첫 장을 펼쳐 천천히, 다시 넘겨본다. 너무 선명해서 아픈 단색의 그림들. 하지만 엄마와 아이는 산에 올랐고, 연두색, 주황색, 보라색, 하늘색, 빨간색의 다채로운 산봉우리를 내려다봤다. 그리고 내려와 그들의 일상에 다시 찾아온 색을 보며 생각한다. '아. 지금 내가 해야 할 일은 색깔을 만드는 일이구나.'

아무것도 볼 수 없고, 느낄 수 없고, 생각할 수 없는 시간을 피할 수는 없을 터. 하지만 나에겐 지켜야 할 아이가 있고, 그러니 나 역시 아이와 함께 산에 오를 것이다. 산꼭대기에 올랐을 때 단색의 후회만 가득해서는 안 될 일. 아프고 괴롭지만 그래도 우리 함께여서 행복했던 시간과 기억을 만들자. 아름다운 오늘을 살자. 언제여도 후회 없이 '나 최선을 다해 당신을 사랑했다' 당당하게 말할 수 있는 오늘을 살자.

그에게 자유 시간을 선물하는 이유

나는 그에게 자유 시간을 선물하기 시작했다. 격주에 한 번, 오후 3시에 퇴근하는 평일 중 하루는 대낮부터 새벽까지 혼자

놀기. "정말? 진짜 그래도 돼? 지금 당장 나 혼자 나가라고?" 정말 혼자 나가 놀아도 되는지 갈팡질팡 고민하는 그의 등을 우격다짐으로 떠밀어 보냈다. 남편이라는 딱지, 아빠라는 딱지를 떼고 '나'라는 한 사람으로 맘껏 놀다 오너라 독려하면서.

그는 두 여자가 싫어해서 좀처럼 가기 힘든 식당에서 맛있게 밥을 먹고, 해야지 해야지 생각만 하며 미뤄왔던 자동차 청소를 시원하게 하고, PC방에 들어가 마음껏 게임을 한다. 어느 날에는 사우나에서 늘어지게 낮잠을 자고, 어느 날에는 제주도행 비행기에 몸을 싣고, 어느 날에는 만화방에서 과자를 먹으며 뒹굴거리는 소소한 일상. 그렇게 그는 혼자만의 시간을 즐기며 색깔을 모은다. 오로지 '나'로 존재하는 시간이 더해질수록 그는 밝아졌다. 다음 자유 시간에는 무얼 할까 고민하는 그의 모습은 소풍 전날의 초등학생과 다를 바 없었다. 갈수록 귀여워지는 표정과 함께 그는 진화했다. 오로지 놀아주기만 가능하던 아빠의 모습에서 씻기기와 밥 차려 먹이기, 유치원 가방을 챙겨 등원시키기까지 가능해졌고, 이제는 아이를 돌보며 웬만한 집안일까지 척척 가능한 수준을 뽐낸다. 아이와 단둘이, 아이 없이 혼자 보낸 시간은 그를 진짜 아빠로, 진짜 '나'로 살게 한다.

- 밤 10시에 퇴근하는 평일에는 몇 시에 들어오든 상관없이 자기가 원하는 일과 후 시간을 즐기기.
- 일주일에 두 번은 아이와 단둘이 데이트하기.
- 격주에 한 번은 한가로운 평일을 누리기.
- 그가 혼자만의 시간을 보낼 땐 무얼 하든 간섭하지 않기.
- 그가 아이와 둘만의 시간을 보낼 땐 무얼 하든 타박하지 않기.
- 그가 보여주는 영상이, 그가 사주는 마트표 과자가 탐탁지 않더라도 침묵하기.

우리만의 일과와 나만의 규칙은 자연스럽게 정착되었고, 매장 이전으로 일찍 퇴근하는 날이 없는 요즘은 주말 시간을 나눠 쓰며 탄력적으로 조율한다. 고된 업무에 지친 남편이 낮잠을 자는 동안은 내가 아이를 데리고 놀이터에, 그가 아이와 시간을 보내는 동안에는 책 한 권을 집어 들고 카페에 나가면서. 따로 또 같이 하는 일상은 떨리는 설렘과 놀라운 집중력을 선사했다. 때때로 불타지만 때때로 무관심한 우리는 때때로 애틋하게 서로를 연민하며 서로의 필요를 찾아 채워주는 즐거움을 만끽한다. 그 어느 때보다도 평화로운 하루하루를 보내는 우리는 이야기한다. 오늘이 가장 좋은 날, 지금이 가장 행복한 순간이라고.

남편이 마냥 귀찮고 성가실 때

수단으로 희생되지 않는 오늘의 삶

대한민국에서 엄마라는 역할, 아빠라는 존재는 종종 목적 아닌 수단으로 전락한다. 야근이 당연한 현실 속에서 아빠의 자리는 좀처럼 찾아볼 수 없는 것이 우리네 일상. 엄마의 마음에서도, 아이들의 마음에서도, 아빠 자신의 마음에서도 찾을 수 없는 아빠의 '나'는 대체 어디에 있는 걸까? 아빠가 돈을 벌어오는 기계로 전락하지 않는 사회, 엄마가 가족을 위해 희생되는 제물로 바쳐지지 않는 나라는 대체 언제쯤 가능할까? 가만히 앉아 그 언젠가를 기다릴 순 없다. 나에게, 너에게, 우리에게 20년 뒤, 50년 뒤가 당연히 존재할 거라 누가 장담할 수 있겠는가. 오늘 일을 마치고 집으로 돌아오는 길, 어떤 사고를 어떻게 만나 무슨 일이 펼쳐질지 그 누구도 짐작할 수 없는데 말이다.

메멘토 모리Memento mori! 죽음을 기억하라는 말을 잊지 말자 다짐한다. 오늘 내 곁에 그가 있음에 감사하며 오늘 내 마음을 내일로 미루지 않는다. 칭찬해주고 싶은 마음, 고마운 마음, 대견한 마음은 그때그때 표현하고 나를 위한 시간과 너를 위한 시간을 확보한다. '나'와 '너'가 살아 있지 않으면 '우리'가 행복할 수 없음을, '따로' 없는 '함께'는 영원할 수 없음을 이제 알기에… 우리는 나를 채우고 너를 챙길 때 찾아오는 일상의 설렘을 함께 누린다. 장담할 수 없는 우리의 내일을 그리며 오늘의 그를 사랑한다. 오늘도, 내일도, 사랑하기 좋은 날, 사랑받기 참 좋은 날. 나는 오늘도 그와 함께하는 밥상을 기다리며, 달콤한 군침을 삼킨다.

남편이 마냥 귀찮고 성가실 때

이렇게 키워도
되는 건지
걱정될 때

2017년의 나는 뻔뻔해졌다.

마음이 동하는 일이 있다면

재지 말고, 달지 말고 일단 Go!

벚꽃이 흐드러진 봄날, 그림책 테라피 모임에 합류했다.

장미꽃이 만개한 봄날, 뮤즈 그림책 모임을 만들었다.

모두 한 달에 한 번, 책 읽기 없이 참여하는

독서모임인 듯 독서모임 아닌 독서모임이다.

매달 하나의 주제를 선정하고

그 주제와 연결되는 책과 그림책을 골라 짝짓는다.

책은 도입부의 줄거리만 살짝 시식하며

발췌한 글귀를 함께 읽고,

그림책은 눈으로 보고, 귀로 들으며 감상한다.

그림책은 혼자 읽는 책이 아니니까.

누군가 읽어주는 그림책을 맛볼 수 있는 시간,

엄마들에게도 그런 시간이 필요하다.

거창하고 대단한 말을 해야 할 필요도,

주눅이 들 필요도, 긴장할 필요도 없는 공간.

모두가 따뜻하게 서로의 말에 귀 기울여주는 공간,

그림책에 둘러싸인 아름다운 공간에서

우리는 마음을 나눈다.

우리에겐 그런 공간이 필요하다.

만 원씩 걷은 돈으로 차를 마시고, 빵을 먹고,

그리고 남은 돈을 기부한다.

매월 2만 원 남짓한 금액이 어려운 아이들에게 간다.

우리의 마음을 안고 간다.

한 달, 두 달, 어느새 6개월.

이제 매월 마지막 주 목요일은 특별한 날이다.

한 달에 한 번 찾아오는 우리만의 데이트!

한 달에 한 번임에도 우리는 가까워지고,

한 달에 한 번이므로 그날이 기다려진다.

나는 그 하루를 꿈꾸며 오늘도 책을 들척인다.

책이,

우리의 만남을 완성한다.

이렇게 키워도 되는 건지 걱정될 때

·
·
·

　유치원을 다니기 시작한 지 두어 달이 됐을 무렵, 집에 돌아
온 아이가 말했다. "엄마! 오늘 유치원에서 나인이가 에이비씨
디이에프지라고 했는데, 내가 그거 아니라고 했어요. 내가 엄마
한테 물어보고 얘기해준다고, 그거 아니라고 했는데, 에이비씨
디이에프지 맞아요? 아니죠?" "맞아. 에이비씨디이에프지 맞아.
요즘 유치원에서 알파벳 배우니? 그거 알파벳인데, 에이~비~씨
~디~이~에프~지 이렇게 노래 부르는 거 우리 들어본 적 있지?
그거야." "맞아요? 난 아니라고 했는데….."

다섯 살 꼬맹이의 고민이 알파벳이라니

알파벳을 아는 친구와 신경전이 있었던 모양이다. 알파벳을 전혀 모르는 아이에게 "너 이거 몰라?" 물으며 ABC송을 친절히 알려주니 꼬맹이의 자존심이 발끈했던 모양. 이제 겨우 41개월, 세상에 나온 지 만 4년도 안 된 아이가 "그거 아니거든! 우리 엄마한테 물어보고 알려줄게!" 소리치고 집에 돌아왔다니, 그날 밤 나는 쉬이 잠이 오지 않았다. 서두를 것 없다, 앞서갈 것 없다, 적절한 때를 기다릴 줄 알아야 한다는 나의 교육관이 아이를 뒤처지게 만드는 건 아닐까? 조기교육을 하지 않는 엄마 때문에 자신감이 부족하고 자존감이 낮은 아이가 되는 건 아닐까? 더 늦기 전에 세상의 속도를 따라가야 하는 걸까?

아이 옆에 누워 뒤척뒤척. 생각하면 할수록 걱정과 불안만 몰려오는 질문을 안고 고민했다. 아이를 유치원에 보낸 뒤 알게 된 사실들이 새삼 다시 떠올랐다. 같은 반 친구들 대부분이 숫자를 읽고 쓸 줄 알고, 간판 글씨를 읽는 아이도 드물지 않은 현실. 두 돌만 지나도 학습지를 하고, 네다섯 살이면 한글 공부를 시작하고, 조기 영어 교육에 대한 관심은 또 어찌나 뜨거운지 한 달에 백만 원이 넘게 드는 영어 유치원에 자리가 없어서 보내지 못하는 것이 대한민국의 현주소가 아닌가.

언어 습득 능력이 뛰어난 유아기부터 외국어 학습을 하는 것이 유리하다는 말은 너무도 익숙한 진실이 되어 나를 흔든다. 휘청, 또 휘청. 중심을 잡기 힘들 만큼 흔들릴 때 나는 책을 펼친다. 그리고 묻는다. 정말 그럴까? 외국어는 일찍 시작할수록 좋은 걸까?

언어의 중요한 역할에 대해 간과하고 있는 어른들이 얼마나 많은지요. 언어는 단순한 말과 글이 아니잖아요. 언어는 생각의 틀이며 사고를 가능하게 하는 수단입니다.
말공부는 간단한 게 아닙니다. 말과 소리와 생각은 서로 연결되어 있습니다. 그렇기 때문에 말에 대한 공부는 소리를 다루는 물리학에서의 음향학이나, 인간의 생각과 사고를 다루는 심리학이나 논리학과 구별되면서, 또 그 학문들과 밀접한 관련을 맺고 서로 영향을 주고받지요.

- 안소영, 《시인 동주》

태어나면서부터 자연스럽게 이중 언어 환경에 놓이는 특수한 경우를 제외하고, 우리는 모국어를 기반으로 사고한다. 아무리 어릴 때부터 영어를 배워도 생각은 한국어로 하게 된다는 말이다. 가장 자연스럽고 편안한 언어이기에, 생각의 수단은 한국어가 된다. 외국어로 된 글을 읽는 순간, 우리는 동시에 한글로 번역해서 내용을 이해한다. 글의 내용을 파악하는 수단은 외국어가 아닌 한글이고, 내 생각을 말이나 글로 표현할 때 역시 동일하다. 우리는 한글로 생각한 내용을 다른 언어로 번역해 내뱉는다. 외국어를 사용할 때에도 말하기, 읽기, 쓰기의 중간 과정은 모두 모국어인 것이다.

따라서 유창한 영어 실력을 갖고 있음에도 불구하고 주어진 글의 내용을 정확하게 파악하지 못하는 아이들이 많다. 발음은 훌륭하지만 내가 말하고자 하는 내용을 조리 있게 전달하지 못하는 아이들, 영작을 잘하는데도 불구하고 간결하고 명확한 글을 쓰지 못하는 아이들. 이런 아이들의 상당수가 국어를 포함한 대부분의 교과에서 어려움을 겪고, 조기 유학을 다녀온 뒤 좀처럼 잡히지 않는 학습 부진으로 고생을 하는 경우도 허다하다. 대체로 이런 문제의 원인은 부족한 국어 실력이다.

생각의 도구가 풍성해야 생각 또한 풍성하게 할 수 있을 것. 모국어 구사 능력은 생각의 깊이를 결정하고, 생각의 깊이는 그 사람의 깊이로 연결된다. 물 흐르듯 굴러가는 발음과 자연스럽게 쏟아지는 영어가 만사 오케이일 수는 없다. 탄탄한 모국어 실력이 뒷받침되지 않는 외국어 구사 능력은 때때로 빛 좋은 개살

구가 되지만 이런 현실의 함정은 쉽게 감춰지고 외면된다.

너희들은 아직 어려서 잘 모를 거다만 나라와 민족도 마찬가지란
다. 승우야, 넌 나라와 민족의 뿌리가 무엇이라고 생각하느냐?
얼과 말과 글이다. 너희들은 얼빠진 놈이라고 욕하는 소리를 들었
을 게다. 맞는 말이다. 얼이 빠진 사람은 정신이 빠지고 없으니 온
전한 사람이 아니다. 얼과 말과 글, 그것만 있으면 아무리 모진 비
바람에 시달려도 언젠가는 반드시 살아나 꽃을 피울 것이다. 저 복
숭아나무처럼. 마음에 새겨 두거라.

- 손연자, 《마사코의 질문》

영어에 광적으로 집착하는 우리 사회를 보면 이게 식민지 시
대가 아니면 무언가 싶다. 아직 모국어도 완벽하게 배우지 못한
아이들에게 모든 의사소통을 영어로 강제하는 교육은 대체 무
엇을 위한 교육일까?

언어는 단순히 말과 글의 도구가 될 수 없다. 일제강점기에
일본은 우리 정신의 근본을 바꾸기 위해 한글 대신 일본어를 배
우고 사용하게 강제했다. 언어는 우리의 생각과 정신, 사고의 기
반이기 때문이다.

이렇게 키워도 되는 건지 걱정될 때

너무 일찍 내몰리는 아이들

그런데 우리의 모국어 교육은 어떠한가? 우리는 한글을 학교에서 배우지 않는다. 1학년 교실에서 '가나다라'를 배우는 당연한 과정은 진즉에 사라졌다. 개선한다고는 하지만 여전히 아이들은 알림장을 스스로 쓰고, 받아쓰기 시험을 본다. 학교는 아이들이 한글을 다 떼고 왔을 거란 가정하에 수업을 진행하고, 한글을 배우지 못한 아이들은 학습 부진아가 된다. 엄마들은 내 아이가 뒤처질까 두려워 입학 전에 한글을 가르칠 수밖에 없고, 한글 교육에 대한 부담과 압박은 오롯이 엄마의 몫이 된다. 불안한 엄마들을 노리는 사교육 시장의 경쟁은 갈수록 치열해지고, 과열된 경쟁은 대상 확대로 이어진다. 경쟁 업체가 많아지면서 이익이 줄어드니 그걸 메우기 위해 업체들은 더 많은 아이들, 더 어린 아이들이 한글 학습을 시작하도록 유도한다. 교육업계는 '한글을 일찍 가르쳐야 한다. 일찍 가르칠수록 좋다'는 메시지를 교묘하게 주입하며 유아를 위한 한글 교재와 놀잇감을 만들어낸다. 왜? 그래야 팔리니까. 그래야 돈을 벌 수 있으니까!

우리 아이들은 이제 두 돌만 지나도 한글 공부를 시작한다. 그 나이에 꼭 필요한 공부라서? 그때가 최적의 시기라서? 일찍 시작하지 않으면 제대로 배울 수 없어서? 그럴 리가! 저승에 계신 세종대왕님이 들었다간 뒷목을 잡고 쓰러질 일. 어리석은 사람도 24개의 소리글자만 알면 모든 글을 읽고 쓸 수 있는 위대한 문화유산을 가지고 있음에도 불구하고, 부자 나라 미국의 문맹률 20%와 비교해도 엄청난 1.7%의 세계 최저 문맹률을 자랑함에도 불구하고, 구태여 어린아이들에게 한글을 가르치는 이유는 단 하나, 앞서 배운 아이들에게 뒤처질까 불안하고 두려운 마음이다.

"만 6세 미만의 아이에게 글자를 가르치는 것은 생물학적으로 매우 위험한 일이다."
미국 터프츠대 교수이자 '읽기와 언어 연구 센터'의 책임자인 매리언 울프는 《책 읽는 뇌》에서 너무 이른 시기에 행해지는 문자 교육을 단호하게 비판한다.

KBS 다큐멘터리 〈생로병사의 비밀〉을 제작한 프로듀서이자 과학 저널리스트 겸 작가 신성욱의 《조급한 부모가 아이 뇌를 망친다》는 엄마들의 불안을 먹고 자라는 교육 시장이 이 나라의 수많은 부모와 아이들의 삶을 얼마나 망쳐놓았는지 고발한다. '세 살 무렵이면 뇌가 완성되기 때문에 이 시기를 놓쳐서는 안 된다'거나 '무언가를 배우는 데는 결정적인 시기가 있다'는 두뇌

발달에 대한 지식들이 사실은 수많은 과학적 가설 중 하나였을 뿐이며, 지금은 증거 부족으로 의미가 없어진 신화일 뿐이라는 사실을 나는 이 책을 통해 알았다.

실제로 한 아동 상담 센터의 경우 전체 상담 건수 중 70퍼센트가 사교육이나 학습 스트레스와 관련이 있다. 이 아이들에게서 언어 발달 지체, 정서 불안, 자폐 등의 증상이 발견되었는데 센터 측은 그 원인으로 첫째, 아이들에게 전이되는 부모의 과도한 스트레스, 둘째, 과도한 조기교육으로 인한 스트레스를 꼽았다.

(중략)

하지만 우리나라의 아이들이 이렇게 빡빡한 '세 살 인생'을 살게 된 것은 그리 오래된 일이 아니다. 언제부터 무슨 이유로 세 살배 기 아이들이 학생으로 살아가게 되었을까. 그리고 세 살배기 아이들이 학생으로 사는 것은 좋은 일일까. 세 살 꼬맹이 '은서들'의 인생은 낡은 신화의 비극적 재현이다. 이 비극에는 욕망이라는 거대한 뿌리가 있다. 여기에 일부 과학자들, 교육 관료들, 교육산업 종사자들, 미디어 그리고 부모가 가세했다.

대한민국의 아이들은 유아기에 학습을 시작한다. 그런데 정말 아이러니한 건 이렇게 일찍부터 학습을 했음에도 불구하고 아이들의 학업 성취도와 사고력, 창의력은 향상되지 않았다는 것이다. 향상은커녕 오히려 더 떨어지고 있다고 봐도 무방할 정도인데, 특히 문제가 되는 것은 '신문맹' 증상이다. 초등학교 교실의 많은 아이들이 글자를 읽을 줄은 알지만 글자에 담긴 뜻을 전혀 이해하지 못하는 신문맹 증상을 보인다. 이건 비단 초등학생만의 문제로 그치지 않고 광범위한 연령대에서 발생하는데, 나는 대학 입시를 코앞에 둔 고3 학생들에게서도 이러한 증상을 종종 목격했다.

글을 읽고 이해하는 능력인 문해력(또는 독해력)이 낮은 아이들은 모든 내용을 무작정 외우는 방법으로 공부를 한다. 아무리 애써서 교과서를 읽어도 무슨 내용인지 이해할 수 없으니 그냥 머릿속에 집어넣는 것이다. 문제는 이렇게 외운 내용을 확인하는 시험지 역시 글로 되어 있다는 것인데, 문해력이 떨어지는 아이들은 시험지의 문제 자체를 이해하지 못하는 경우가 많다. 문제가 무엇을 물어보는지조차 모르면서 제대로 된 답을 고를 수 있을 리가 없다. 아이들은 당연히 엉망진창의 답안지를 낼 수밖에 없고, 학년이 올라갈수록 학습 부진의 정도는 심해진다.

놀라운 것은, 부모가 우리 아이의 문해력이 어느 정도인지,

문제가 있지는 않은지, 문제가 있다면 어느 정도로 심각한지 전혀 알지 못한다는 것이다. 대부분의 경우 돌이킬 수 없는 사태가 될 때까지 아이의 문해력이 떨어진다는 사실조차 인지하지 못한다. 어떻게 이런 일이 가능할 수 있을까? 뜻을 이해하지 못하는 실질 문맹은 글을 읽지 못하는 문맹과 달리 눈에 띄게 드러나지 않는 증상인 데다가 일찍부터 문제집과 참고서, 보습 학원 중심의 선행 학습 문화가 만연해 있기 때문이다.

많은 아이들이 글을 읽고 → 내용을 이해하여 → 중심 내용을 파악하고 → 글의 핵심을 정리하는 독해의 과정을 거치지 않는 공부를 한다. 아이들은 중심 문장과 뒷받침 문장을 구분하고, 문단의 중심 내용을 토대로 글의 주제를 파악하는 과정을 훌쩍 건너뛴다. 대신 자습서를 펼친다. 학원에서 수업을 듣는다. 6개월에 걸쳐 차근차근 배워야 할 한 학기의 내용이 한 달간의 방학 동안 빠르게 주입된다. "자, 이게 중심 문장이다. 밑줄 그어라" 하면 밑줄을 긋고, "이건 앞 문장에서 말한 내용의 이유를 설명하고 있는 거야. 괄호 치고 '이유'라고 써" 하면 괄호 치고 이유라고 쓰고, "1문단의 중심 내용은…" 하면 자습서가 말해주는 대로 열심히 읽고 외운다.

아이들은 열심히 공부한다. 각 문단의 중심 내용이 무엇인지,

글의 중심 생각이 무엇인지, 중요한 소재가 무엇인지 말할 수 있고, 참고서의 문제도 척척 푼다. 많은 문제의 정답을 고를 수 있고, 시험에서 꽤 좋은 성적을 받아 올 수도 있다. 아이들은 아무 문제가 없어 보이고, 잘하고 있는 것으로 보인다. 하지만 기초가 없는 모래성일 뿐. 학년이 올라갈수록, 스스로 해석해야 할 텍스트가 많아질수록 실체가 드러나고 모래성은 무너진다. 사태의 심각성을 파악했을 때에는 이미 돌이킬 수 없는 지경인 경우가 많다. 일찍부터 참고서와 보습 학원에 의지해 선행 학습을 해온 아이들의 문해력은 심각한 수준이다. 고등학교 3학년 학생이 기본적인 어휘의 뜻을 몰라 문장 하나도 제대로 이해하지 못하는 경우가 비일비재하니까. 12년 내내 열심히 공부하긴 했지만 선생님 또는 자습서가 정리해놓은 내용을 열심히 암기했을 뿐 스스로 글을 요약하고 파악하는 훈련을 조금도 해보지 못한 아이들의 독해력을 단시간에 기른다는 건 매우 안타깝지만 불가능에 가깝다.

진짜 공부를 방해하는 선행 학습

집을 지을 때 토대를 탄탄하게 다져야 무너지지 않듯, 공부를 제대로 하기 위해서는 먼저 기초를 완벽히 쌓아야 한다. 물론 기초를 쌓는 데는 많은 시간이 걸리고 당장 눈에 띄는 효과를 보기 힘들다. 그래서 많은 학부모와 아이들이 기초를 쌓는 과정을 그냥 뛰어넘곤 한다. 그러나 기초가 없는 상태에서는 결코 수준 높은 공부로 나아갈 수 없다.

(중략)

그 원인은 문제풀이에 집중된 교육 때문이다. 문제풀이만 하다 보니 개념을 제대로 이해하지 못하고, 그 상태에서 선행을 해 자기 수준보다 높은 문제풀이를 반복함으로써 학생들의 이해도는 오히려 더욱 낮아지는 것이다.

- 송민기, 《공부예찬》

탄탄한 기초가 중요하다는 걸 모르는 사람은 없다. 하지만 기초를 쌓는 과정은 길고 지난하다. 눈에 잘 보이지도 않고 변화도 미미하다. 그래서 기초는 수시로 생략되고 대체된다. 우리는 더 빨리, 더 많이, 남들만큼을 외치며 조급함의 노예가 된다. 그러나 선행 학습은 상위 1%의 명석한 두뇌를 타고난 아이들을 위한 학습법이다. 너무 똑똑해서 더 어려운 것, 더 새로운 것을 가르치지 않을 수 없는 아이들에게 필요한 공부가 바로 선행. 1%를 제외한 대다수의 아이들에게 선행 학습은 지극히 비효율

적이고 쓸모없는 공부다. 지금 내가 배우고 익힐 수 있는 수준을 넘어서는 내용을 군이 억지로, 강제로 밀어 넣어야 할까?

교육 과정은 인간의 발달 단계에 맞춰 만들어진다. 평범한 아이들은 이 과정에 맞춰 천천히 공부하는 것이 가장 효과적이며, 사실 이 커리큘럼을 따르는 것도 빠듯한 것이 현실이다. 우리나라의 교육 과정은 다른 나라에 비해 더 일찍, 더 많은 것을 배우도록 만들어져 있으니까. 하지만 우리는 선행 학습을 포기하지 않는다. 아이들을 '더 빨리' '더 많이'의 늪으로 계속해서 몰아넣는다. 왜? 선행을 하지 않으면 학교 수업을 따라갈 수가 없으니까, 남들 다 하는데 나만 안 하면 뒤처지니까, 선행을 안 할 수 없는 현실이니까, 다들 그렇게 해야 한다고 하니까!

한두 사람이 빠졌을 때는 함정이라는 것을 알고 밖에 있는 사람들이 구원의 손을 뻗기도 한다. 하지만 많은 사람이 빠져 있으면 아예 함정 자체가 보이지 않게 된다. 어느덧 깊고 넓은 함정은 수렁으로 바뀌어버렸다.

- 신성욱, 《조급한 부모가 아이 뇌를 망친다》

우리가 '당연히' 해야 한다고 생각하는 것들의 대부분은 사실 우리 모두가 함께 빠져 있는 수렁이다. 선행을 해야만 들을 수 있는 학교 수업이 있다면, 선행 학습을 하고 가지 않은 아이가 잘못일까, 그런 수업을 하고 있는 학교가 잘못일까? 학교가 잘못을 하고 있다면, 아이가 잘못된 학교에 맞추는 것이 옳은 일인가, 잘못된 학교를 바로잡는 게 옳은 일인가. 남들이 다 그렇게 하고 있다면, 그게 잘못된 길인 걸 알고 있음에도 불구하고 그 길을 선택해야만 할까?

우리는 흔히 공부는 재미없는 것, 억지로 해야 하는 것이라고 생각하지만 사실은 그렇지 않다. 과도한 학습에 노출되기 전의 아이들은 배움을 욕망한다. 아이들은 모든 것에 질문을 던지며 불타는 호기심을 보이고, 배움이 주는 짜릿한 기쁨과 환희를 만끽한다. 아이들은 배움의 순간 반짝인다. 아이들에게서 제대로 공부할 권리, 즐겁게 공부할 기회를 빼앗은 건 바로 우리들이다. 무슨 소리인지 이해할 수도 없는 내용을 하루 종일 끼고 앉아 외우는데 재미가 있을 리가! 아이들은 너무 일찍 빛을 잃고 추락한다. 초점 없이 풀린 눈으로 '그러든지 말든지 나는 그저 피곤하다'를 온몸으로 뿜어내는 아이들. 만성 무기력증에 시달리는 아이들. 우리가 귀 기울여야 하는 목소리는 '더 빨리, 더 많이! 우수한 성적! 일류 대학! 대기업 취직!'을 부르짖는 세상의 소리가 아니라 우리의 조급함에 시들어가고 있는 우리 아이들의 목소리다.

그 사람들의 진짜 속뜻은 이거지. '내 삶에서 부족한 것들은 내 딸이 모든 걸 다 가질 때에만 채워질 수 있어요. 내 인생 자체는 평범하고 쓸모없고 아무것도 아니에요. 하지만 내 딸이 온갖 경험을 하고 온갖 기회를 누린다면, 그런 사람들이 나를 동정하게 되겠죠. 내 삶과 내 선택의 빈약함은 무능함이 아니라 희생으로 보일 거예요. 내가 나는 이루지 못한 모든 것을 딸이 이루도록 키우면 사람들은 나를 더 많이 동정하고 더 많이 존경하겠죠.'

최연소 맨부커상 수상 작가라는 타이틀을 가신 엘리너 캐틴은 소설《리허설》에서 세상의 엄마들을 신랄하게 비판한다. 아무것도 이룬 게 없어 칙칙한 자신의 모습을 감추고 싶은 엄마들이 자식을 자기 가슴에 메달처럼 붙이고 다닌다니! 나에게 하는 말인 양 짐짓 당황해 화끈거리는 얼굴로 내 가슴을 내려다본다. 서늘해지는 등줄기를 느끼며 나는 나에게 묻는다. '나는 어떤 엄마지? 나는 내 삶에서 부족한 것을 아이를 통해 채우려고 하지 않았나? 이건 어쩔 수 없는 상황이라고 합리화하며 나의 무능함을 희생으로 포장하려고 들지 않았나?'

이렇게 키워도 되는 건지 걱정될 때

성공한 엄마들은 언제나 가장 강압적인 면이 없는 사람들이지. 그 사람들은 감시하거나 치맛바람을 일으키거나 딸을 위해 싸움을 벌일 필요가 없어. 그런 엄마들은 자기 자신으로 이미 온전하니까. 그 사람들은 완성된 사람이고, 그래서 다른 모든 사람들에게도 그런 완전함을 요구하지. 그 사람들은 뒤에 서서 딸들을 자신과 분리된 존재로, 완전하고 그래서 건드릴 수 없는 존재로 여기지.

성공한 엄마는 아니더라도 나 자신으로 온전한 엄마가 되고 싶다. 조금의 감시도, 참견도, 싸움도 하지 않을 수는 없겠지만 아이와 나를 분리할 수 있는 엄마로 살고 싶다. 아이를 독립된 개체로 인정하며 존중하고 싶다. 자식을 가슴에 붙이고 다니지 않는 엄마, 자신의 부족함을 아이의 삶이 아닌 자신의 삶에서 채우는 엄마. 아이와 상관없이 오롯이 자기 자신으로도 존재할 수 있는 엄마를 위해 나는 더 부지런히 읽고 쓰며 공부하는 하루를 살자 다짐한다.

말하는 부모보다 보여주는 부모

나의 5년 뒤, 10년 뒤는 어떤 모습일까? 우리 아이는? 세상은? 5년 뒤의 세상, 10년 뒤의 세상을 내가 감히 상상할 수 있을까? 10년 전의 나는 스마트폰이 바꿔놓은 오늘을 상상조차 하지 못했다. 앞으로 10년 뒤에는 얼마나 놀라운 일이 펼쳐지고 있을까? SF영화에서나 보던 일들이 당연한 현실이 되어 있지 않을까? 나는 그 변화에 제대로 적응할 수 있을지, 뒤처지고 대체되어 낙오자가 되진 않을지, 우리 아이는 당당하게 제 몫을 하며 살 수 있을지, 조금도 예측할 수 없는 시대를 더듬어본다.

무엇 하나도 잡히지 않는 내일이지만 분명한 것은 있다. 앞으로 다가올 세상은 우리가 지나온 산업혁명의 시대가 아니라는 것, 무조건 많은 지식을 달달 외우기만 하던 시대는 지나갔다는 것. 더 이상 정보의 양은 중요하지 않다. 지금 필요한 건 세계에 널려 있는 수많은 정보를 빠른 시간 안에 해석하고 분류하여 의미 있는 정보를 선별하는 능력, 그렇게 파악한 핵심 정보를 다른 지식과 통합하고 융합하여 창의적인 사고를 전개하는 능력. 이런 능력은 주입식 교육에서 나오지 않는다. 지금 필요한 공부는 다양한 영역의 책을 읽고, 쓰고, 토론하며 생각하는 공부다.

왜 부모들은 공부하지 않는가? 사교육비를 벌기 위해 갖은 고생도 마다 않고, 심지어 기러기 아빠가 되는 일까지 다 감수하면서 정작 자기 자신은 왜 공부를 하지 않는가? 공부가 그렇게 중요하다면

부모들이 앞장서서 공부를 해야 하지 않을까? 자신들은 공부를 접었으면서 자식들한테만 공부를 강조하는 건 그야말로 어불성설이다. 자식들이 정말 공부를 통해 행복해지기를 원한다면, 부모도 자식과 함께 공부를 해야 한다.

- 고미숙, 《공부의 달인 호모 쿵푸스》

아이의 초등학교 입학이 멀지 않았다. 학부모가 된 나는 더욱 흔들릴 것이고 아주 많이 불안해질 터. 그러니 더 열심히 공부해야지. 나를 위해, 아이를 위해. 내가 먼저 공부하고 내가 먼저 실천하겠다. '말하는 부모'보다 '보여주는 부모'가 되자, '무엇을 가르칠 것인가'보다 '무엇을 전해줄 것인가'를 고민하는 부모가 되자 다짐한다. 아이는 부모를 보고 자란다는 말, 자식은 부모의 거울이라는 무시무시한 말을 다시 한 번 가슴에 새기며, 오늘도 책을 펼친다.

역할놀이에 한창 빠져 있는 여섯 살 꼬맹이가 곁에 앉아 인형에게 말한다. "아기야, 나는 엄마란다. 이거 보렴. 엄마 책이지? 나는 엄마니까 엄마 책을 보는 거란다." 아이는 엄마놀이를 할 때마다 내가 읽다 올려둔 책 한 권을 들고 가 펼친다. 책 읽는 엄마의 모습이 요리하는 엄마, 청소하는 엄마의 모습만큼이나 자연스러운 일상. 나는 아이에게 그런 일상을 전해주고 싶고, 그런 일상을 전해주고 있음에 감사하다.

몇 달 전 아이는 저녁 준비를 하느라 바쁜 내 곁에서 책을 읽어달라 끝없이 졸라대다 소리쳤다. "치! 엄마 이상하다! 엄마 책 읽는 거 좋아하잖아! 엄마가 제일 좋아하는 게 책 읽는 거 아니었어? 그런데 왜 책 안 읽어줘? 엄마가 제일 좋아하는 건데!" 빽빽거리며 삐쭉거리는 아이의 깜찍함에 빵 터져 웃어댔지만, 식은땀이 흘러내렸다. 아이의 눈에 비친 엄마의 모습, 아이가 생각하는 엄마의 모습. 나는 아이에게 어떤 모습을 보여주고 있는가, 아이는 나의 어떤 모습을 보고 있는가. 아이가 평상시의 내 모습을 보며 나라는 사람에 대해 평가를 하고 있었다고 생각하니 머리카락이 삐쭉 곤두섰다.

아이 입에서 "엄마는 텔레비전 보는 걸 제일 좋아하잖아!"가 나오지 않았으니 텔레비전을 치운 것이 역시 잘한 일이다 생각하며 안도했다. "엄마는 맨날 핸드폰만 하잖아!" 소리를 듣지 않아서 어찌나 다행인지. 나도 모르게 가슴을 쓸어내리며 소망한다. 5년 뒤에도, 10년 뒤에도, "엄마가 제일 좋아하는 게 책 읽는 거 아니었어?"를 들을 수 있기를. 5년 뒤에도, 10년 뒤에도, "공

부해라" "책 읽어라" 잔소리하는 엄마 대신 내가 먼저 공부하는
엄마를 향해 간다.

아이밖에
모르는 일상이
답답할 때

2년 연속 100권 읽기를 목표로 달렸다.

2년 연속 161권 읽기를 달성했다.

'무조건 많이'를 추구하지는 않지만

읽어야 할 책과 읽고 싶은 책의 홍수 속에서

다독을 멈출 수 없다.

그 어떤 일보다 우선해 책을 읽는 시간을 확보하고,

틈틈이 짬짬이 자투리 시간을 긁어모아 읽는다.

주방에 한 권, 거실에 한 권, 서재에 한 권, 가방에 한 권,

어디를 가든, 어디에 있든,

손을 뻗어 닿을 거리에는 언제나 책을 놓아두고

물이 끓기를 기다리는 5분에도,

아이가 화장실을 간 틈에도,

버스를 기다리며, 지하철을 타고 가며,

아직 오지 않은 약속 상대를 기다리며 책을 펼친다.

한 달이 열두 번, 1년이 두 바퀴를 도니

이제 한 달에 열 권쯤은 자연스레 채워진다.

읽은 책을 모두 기록하는 것도 으레 하는 월례 행사,

1년간 읽은 책을 분야별로 정리해 BEST를 꼽는 것은
나만의 신년회가 되었다.

책과 함께한 1년, 또 1년을 돌아보며
책과 함께할 1년, 또 1년을 상상한다.
이렇게 2년, 또 2년, 다시 2년을 지속한다면
나는 얼마나 자랄 수 있을까?

그렇게 쌓인 시간과 책 속에서 훌쩍 자라
울창해질 나를 그려보며
슬그머니, 미소를 짓는다.

아이밖에 모르는 일상이 답답할 때

·

·

·

　아이를 키운다는 게 어떤 건지 몰랐던 산후조리원 시절, 퇴근해서 돌아온 남편에게 투덜투덜 볼멘소리를 했다. "여기 갇혀 있으니 너무 답답하고 지겨워. 이제 그만 나가고 싶다! 집에 가고 싶어!" 지금 생각하면 그저 황당한 소리, 철없는 소리. 뭘 몰라도 한참 모르던 나는 그렇게 배부른 소리를 했다. 집에 돌아가는 즉시 좁디좁은 독방에서 24시간 감금 생활을 하게 된다는 걸 감히 상상조차 하지 못한 채.

13평의 감옥과 719쪽의 벽돌책

　산후조리원에서 2주, 친정에서 한 달 몸조리를 마친 뒤 돌아온 신혼집에서 나는 고립됐다. 공장과 창고만 가득한 지방 변두리의 주변 환경은 열악했다. 유모차를 끌고 다닐 수 있는 길은커녕 차에 치일 걱정 없이 안전하게 걸어 다닐 인도 하나 변변찮은 동네, 덜컹거리는 대형 트럭과 레미콘이 지나다니는 도로 위를 아슬아슬 위태롭게 걸어야 하는 곳에서 신생아를 동반한 산책은 불가능에 가까웠다.

해가 뜨면 13평의 빌라를 운동장 삼아 쉼 없이 걷다가 밤이 되면 2평 남짓의 작은 방 한구석에 앉아 수유를 하는 생활이 이어졌다. 행동반경이 줄어든 만큼 시야도 좁아졌다. 24시간 내내 두 눈에 가득 차는 건 이 작은 아이 단 하나. 시멘트벽으로 둘러싸인 공간에서 나는 눈가리개를 한 경주마처럼 오로지 아이만을 바라보며 달렸고, 그런 내 눈에는 바로 옆의 남편조차 들어오지 않았다. 아이의 작은 몸짓 하나, 눈빛 하나가 우주가 되는 세상. 눈을 돌려 다른 곳을 바라보고 몸을 옮겨 넓은 곳에 나가봐도 나의 시야는 언제나 아이로만 가득 찼고, 아이 몸 곳곳에 올라와 있는 아토피 발진이 내가 사는 세계의 유일한 지도가 되었다. 나는 그 안에서 때때로 행복하고 때때로 기뻤지만 종종 답답하고 번번이 괴로웠으며, 수시로 헐떡헐떡 숨이 막혔다.

내가 읽을 책보다는 관상용에 어울리는 책, 인테리어로 꽂아

두기 딱 좋은 719쪽의 '벽돌책'을 집어 든 이유가 거기 있었을지 모른다. 아이라는 점 하나로 좁아진 나의 시야가 불치병으로 느껴질 무렵 나는 마지막 몸부림을 치듯 《코스모스》를 펼쳐 들었다. 회복 불가능한 상태의 환자에게는 범상치 않은 특단의 조치가 필요할 터. 그렇게 나는 관심도 없던 과학책을 기꺼이, 자발적으로 읽기 시작했다.

우주는 현기증이 느껴질 정도로 황홀하지만 그렇다고 해서 인간이 이해할 수 없는 대상은 결코 아니다. 인간과 우주는 가장 근본적인 의미에서 연결돼 있다. 인류는 코스모스에서 태어났으며 인류의 장차 운명도 코스모스와 깊게 관련돼 있다. 인류 진화의 역사에 있었던 대사건들뿐 아니라 아주 사소하고 하찮은 일들까지도 따지고 보면 하나같이 우리를 둘러싼 우주의 기원에 그 뿌리가 닿아 있다. 독자들은 이 책에서 우주적 관점에서 본 인간의 본질과 만나게 될 것이다.

'코스모스'가 무엇을 의미하는 단어인지도 몰랐던 내가 머리말부터 정신없이 빠져들었다. 코스모스라 하면 가을에 피는 꽃 이름이 전부인 줄 알았지, 과학과 우주, 천문학과는 눈곱만큼의 인연도 없는 내가 우주의 탄생과 은하계의 진화 이야기에 매혹

될 줄이야! 코스모스는 우주의 질서를 뜻하는 그리스어. 우리는 흔히 이 세상과 우주가 이해할 수 없는 혼돈과 무질서로 가득 차 있다고 생각하곤 하지만 그 안에는 경이롭도록 미묘한 질서가 존재하며, 세상은 그 질서를 중심으로 복잡하게 만들어지고 돌아간다. 나 또한 그렇게 만들어진 존재 중 하나이자 지금 이 순간에도 정신없이 돌아가는 코스모스의 일원이라는 것이 《코스모스》의 핵심이다.

일반인들이 이해하기 어려운 전문적인 지식을 어렵지 않게, 그러면서도 빼어나게 설명하는 칼 세이건은 단순히 우주의 원리를 설명하는 데 그치지 않고 인간과 생명, 우리가 속한 세계가 어떻게 연결되어 존재하는지, 우리의 과거와 현재, 미래를 다채롭고 화려하게, 수려하고 아름답게 들려준다. 책장을 한 장, 한 장 넘길수록 어제의 나, 오늘의 내가 하고 있던 고민들이 작고 작은 티끌이 되어 사라졌다. 칼 세이건은 내 머리통을 사뿐히 잡아 육중한 내 몸을 단숨에 지구 밖으로 끌어 올렸다. 드넓은 우주 한복판을 둥둥 떠다니게 된 나는 더 이상 누구의 아내, 누구의 며느리, 누구의 엄마일 수 없었다. 내 아이와 시댁 문제, 골치 아픈 회사 문제, 갑갑하기만 한 대한민국 정치판에 고정된 나의 시야는 새까만 우주 위에서 폭발했다. '아. 나는 그냥 먼지이고 티끌이구나. 광활한 우주 속의 모래알 하나, 거대한 세상 속의 점 하나일 뿐. 이렇게 작고 하찮은 내가 코스모스의 일부였구나. 우리 모두가 이 경이로운 우주의 질서 속에서 서로 연결되어 있구나!'

책을 덮으며, 나는 강렬하게 밀려오는 안타까움과 싸워야 했다. '아아! 이 책을 중학생 그 시절에 읽었더라면 얼마나 좋았을까? 왜! 어째서! 나는 이 책을 이제야 만났을까!' 부대 자루처럼 커다란 교복을 뒤집어쓰고 중학교를 다니기 시작한 그 시절, 나는 매일 높다란 육교를 건너 학교에 갔다. 하루에 두 번씩 육교를 오를 때마다, 육교 한가운데 서서 쉴 새 없이 지나가는 차를 내려다볼 때마다 나는 생각했다. '대체 이 세상은 뭐지? 지금 이 순간, 여기 이 공간은 뭐지? 나는 뭐지? 나라는 존재는 어디서 어떻게 온 거지?' 매일 육교 위에 서서 약간의 현기증을 안고 고민했다. 고민하고, 고민하고, 생각하고, 또 생각했지만 그 어떤 답도 찾을 수 없었다. 삼킬 수 없는 답답함이 목구멍까지 차올랐을 때, 말로 꺼내 설명하기도 난해한 감정과 고민을 어렵게 털어놓았다. "엄마. 도대체 이 세상은 뭐야? 나는 어디서 온 걸까? 나라는 존재, 지금 이 시간, 여기 이 공간은 뭐야?" 돌아온 대답은 명쾌했다. 너무나 간략하고 명확해서 황망한 대답. "뭐긴, 하나님이 창조하신 세상이지. 너도 하나님이 만들어주신 소중한 자녀이고. 뭐 그렇게 당연한 걸 물어?" 독실한 기독교 집안에서 자란 사춘기 소녀의 고민은 그렇게 순식간에 정리되었다.

《코스모스》를 읽는 내내 생각했다. '그때 그 시절, 세상의 근원에 대한 물음표가 가득 차올랐을 때 이 책을 읽었다면 어땠을까? 그때의 나에게 누군가 이런 이야기를 들려주었다면, 이런 세상을 보여주었다면, 이런 시야를 선물해주었다면…. 꼭 대단한 천문학자나 과학자를 꿈꾸지 않더라도, 이 세상과 나 자신을 이해하고 탐구하는 데 큰 힘이 되었을 텐데!' 물론 종교도 하나의 답이 될 수 있으며, 그 답을 무시하지 않는다. 하지만 그것이 세상의 신비를 들여다보는 단 하나의 안경은 아니므로, '나'라는 존재와 나를 둘러싼 이 '세상', 내가 속해 있는 지금 이 '시간과 공간'에 대한 의문이 떠오를 때 우리가 꺼낼 수 있는 열쇠가 종교 하나뿐인 것은 아니므로, 나는 밀려오는 아쉬움을 쉬이 가라앉힐 수 없었다.

과학을 읽기 시작하다

《코스모스》를 만난 뒤 나는 인간이라는 존재, '나'라는 존재를 새로운 시각으로 보게 되었다. 나의 몸과 연결되어 있는 우주에 대한 이해 없이 과연 나를 제대로 알 수 있을까? 답은 '아니요'였다. 아니요, 아니요, 결코 아니요! 우주는 나와 상관없는 과학자들만의 세계가 아님을 알게 되었다. 우주에 대한 이해와 탐구가 나와 인간, 인류와 자연, 세계와 지구에 대한 이해를 가능하게 함을, 나는 비로소 깨달았다.

나는 과학책을 챙겨 읽기 시작했다. 자주, 많이는 아니지만 틈틈이, 꾸준히, 진득하게. 과학책을 펼치면 아이를 먹이고 씻기고 재우며 좁아진 나의 시야가 다시 넓어졌다. 눈앞의 결과에만 매달리는 엄마가 되지 않기 위해서, 편협한 시야를 가진 엄마가 되지 않기 위해서, 오로지 내 아이에게만 집중하고, 내 아이의 주변 아이들만 들여다보고, 내 주위 엄마들의 이야기에만 귀를 기울이며 한없이 불안해하는 엄마가 되지 않기 위해서 나는 책을 읽었다. 문과대 출신인 나는 과학책의 '과'자 느낌도 없는, 과학책 같지 않은 과학책만 찾아 읽었는데(용케도 언제나 성공적이었다), 머리가 지끈거릴 것 같은 분위기는커녕 소설책인 줄 알고 집어 들기 딱 좋은《아내를 모자로 착각한 남자》역시 성공작 중 하나이다.

제목과 표지, 디자인과 내용까지 과학책 같은 구석이 하나도 없는 이 책은 신경학자인 저자가 만난 환자들의 임상 기록을 담고 있다. 의학계의 시인이란 평을 받는 올리버 색스는 뇌 기능이 결핍되거나 과잉되었을 때, 뇌에 작은 손상이 생겼을 때 벌어지는 증상들을 따뜻하고 섬세한 시선으로 기록한다. 책 속의 기묘한 증상들은 우리의 상상을 가뿐히 뛰어넘고, 웬만한 소설보다 더 소설 같은 이야기로 독자를 끌어당긴다. 강렬한 흡인력에 사로잡힌 나는 정신없이 책장을 넘겨대며 뇌 기능에 문제가 생긴 사람들을 만났다.

뛰어난 성악가로 명성을 날렸던 한 음악 교사는 어느 날부터 사람들을 알아보지 못한다. 사물은 아무 이상 없이 볼 수 있는데 사람들의 얼굴만 인식하지 못하는 남자. 그는 급기야 '아내를 (알아보지 못하고) 모자로 착각한 남자'가 된다. 머리가 희끗한 49세의 또 다른 남자는 30년간의 기억을 통째로 잃어버린다. 기억을 잃은 그는 17세의 소년이 되어 거울 속의 자기 자신도, 형도 알아보지 못하고 말한다. "우리 아버지처럼 늙어 보이는 당신이 내 형이라고? 농담하지 마세요. 우리 형은 젊다고요. 대학에서 경영학을 전공하고 있는데요."

8장. 서재에서 건넌 우주

아니, 이런 일이 정말 가능한가? 어느 날 갑자기 나에게 이런 일이 생기면 어떡하지? 나도 모르게 책에 몸을 더욱 기울이며 몰입하게 되었는데, 이 극적인 에피소드는 결코 호기심과 흥미를 자극하는 차원에서 그치지 않는다. 올리버 색스는 환자에 대한 애정과 사랑이 뚝뚝 묻어나는 태도로 우리의 눈에 보이지 않는 세계, 인간의 두개골 안에 숨어 있는 정신세계를 탐구해 펼쳐 놓는다. 나에게 가장 충격적이었던 건 몸을 잃어버린, 두 아이의 엄마 크리스티너의 이야기였는데, 그녀는 쓸개에 생긴 돌 때문에 쓸개 제거 수술을 기다리고 있다가 별안간 온몸의 감각을 모두 잃어버린다. 무언가를 잡을 수도, 손을 뻗어 움직일 수도 없고, 목소리를 내기조차 힘들어지더니 급기야 그녀는 호흡조차 제대로 하지 못한다. 검사 결과 밝혀진 그녀의 병명은 급성 다발 신경염. 우리 몸을 이루고 있는 세 가지 감각(시각과 평형기관, 고유감각) 중 하나인 고유감각에 관여하는 신경섬유가 손상되었다는 진단을 받는다.

고유감각이란 우리가 지닌 감각 중 가장 비밀스러운 감각, 숨겨진 감각으로 근육과 힘줄, 관절 등 우리 몸의 움직이는 부분에서 전달되는 감각을 말한다. 우리 몸의 위치와 긴장, 움직임이 이 감각을 통해서 감지되고 수정되는데, 언제나 무의식중에 자동적으로 작동하기 때문에 우리가 느낄 수는 없다. 예를 들어 눈 앞에 있는 컵을 잡아 들 때, 우리는 내 손이 지금 어디에 있는지 를 눈으로 확인한 뒤 어느 각도로 몇 센티를 움직여야 하는지 계 산하고 손에 명령을 내려 신중하게 움직이지 않는다. 우리는 아 무 의식 없이 당연하고 익숙하게, 자동적으로 팔을 뻗어 손쉽게 컵을 잡는데 이를 가능하게 하는 것이 바로 우리 몸속의 고유감 각이다.

지금 내 몸이 어디에 있는지를 무의식적으로 느끼고 내가 원 하는 대로 움직이게 하는 것이 바로 고유감각인데, 이게 없어지 다니. 고유감각을 잃은 크리스티너는 자기 팔이 어디에 있는지 조차 눈으로 보고 확인해야 느낄 수 있고, 눈을 뜨고 말을 하고 숨을 쉬는 행동조차 하나씩 명령을 내려가며 애써야 할 수 있다. 먹고, 말하고, 숨 쉬는 모든 동작 하나하나를 진땀 흘리며 주의 를 기울여야만 할 수 있는 삶이라니! 경험하기 전까지 감히 상 상이나 할 수 있을까? 모든 감각을 빼앗기고 내 몸을 잃어버린 하루하루가 어떤 일상인지를….

"내 몸은 말하자면 눈과 귀가 없어진 것과 같아요. 내 몸을 전혀 느 낄 수가 없단 뜻이지요."

"느낄 수 있다면 얼마나 좋을까요? 하지만 전 느낀다는 것이 어떤 것인지도 잊었어요. 나도 원래는 정상인이었나요? 저도 다른 사람들과 똑같이 행동할 수 있었나요?"

다발신경염에 걸리기 몇 주 전에 아이들과 함께 노는 광경을 찍은 비디오를 보며 울음을 터뜨리는 그녀를 보며 나는 깨달았다. 내가 생각 없이 흘려보내고 있는 것들과 내가 바라보지 못하고 있는 것들. 의식할 수 없을 만큼 자연스럽고 친숙하다는 이유로, 너무 작고 은밀해서 눈에 보이지 않는다는 이유로, 내가 얼마나 많은 것을 놓치고 있었는지를 마주하며 나는 오랫동안 무시하고 방치해온 내 몸을 조용히, 고요히 내려다보았다.

신비롭고 경이로운 몸

오랜 시간 나의 몸은 그저 살을 빼야 하는 지방 덩어리일 뿐이었다. 나에게 몸은 '날씬한 몸'과 '뚱뚱한 몸' 단둘로만 존재했고, 오래도록 절식과 단식, 폭식과 과식을 반복했다. 규칙적으로 영양가 있는 음식을 하루 세 끼 꾸준히 먹었던 적이 언제였더라? 내 몸을 소중히 여기며 아끼고 보살핀 적이 있었던가? 그놈의 몸무게 말고, 내 몸을 구성하는 수많은 기관과 신경에 관심을 가져본 적이 있었던가?

몸매와 체중에만 눈이 멀어 무엇이 정말 중요한 것인지 놓쳐 왔던 시간들이 부끄러워 두 볼이 빨개졌다. 가만히 앉아 책을 읽고 있는 지금 이 순간에도 나의 뇌와 몸은 이렇게 대단한 일을 하고 있는데, 이 신비롭고도 경이로운 몸을 가지고 나는 대체 무얼 하고 있었던 걸까? 지극히 당연하게 누리고 있는 일상에 대한 감사, 멀쩡하게 움직이고 있는 내 몸에 대한 감사가 밀려오며 나는 결심했다. 더 이상 지난날처럼 살 수는 없다고, 나는 이제 달라져야 한다고.

나는 보이지 않는 것을 보기 위해, 볼 수 없는 것을 보여주는 안경을 찾았다. 우리 몸의 신비를 알려주는 한 권 한 권의 과학책을 찾아 읽기 시작하며 비로소 내 몸을 만났다. 거울 속의 실루엣과 체중계의 숫자가 말해주지 않는 진짜 내 몸의 이야기, 내가 정말 아끼고 사랑해야 하는, 더없이 소중하고 귀한 내 몸의 이야기를 마주하며 나는 나의 몸과 마음을 들여다보는 수양을 시작했다.

- 먹어야 할 것과 먹지 말아야 할 것의 경계에서 불안해하는 대신 지금 이 순간 내가 먹고 싶은 음식을 즐겁게 먹기.

- 살을 빼기 위한 운동을 억지로, 꾸역꾸역 하는 대신 내 몸의 긴
  장과 근육의 움직임, 터질 듯이 빨라지는 심장박동과 흐르는 땀
  방울이 선사하는 짜릿함을 만끽하기.

음식을 먹을 때마다 칼로리를 생각하고, 고칼로리 음식을 먹
을 때마다 살이 찔까 걱정하며 나쁜 음식을 먹었다는 죄책감에
사로잡히는 나를 끊임없이 타이르며 내 몸과 마음의 소리에 귀
를 기울였다. 빵이 먹고 싶지만 그건 밀가루니까 현미밥을 선택
하고, 탕수육이 먹고 싶지만 그건 고칼로리니까 닭가슴살을 선
택하던 나와 이별하고 지금 먹고 싶은 음식을 기쁘게, 맛있게,
감사하게 먹기 시작하자 먹어도 먹어도 채워지지 않는 허전함
에 먹고 또 먹기를 멈출 수 없었던 폭식이 점차 사라졌다.

평일 내내 반복되던 절망이 하루건너로 멀어지고, 한 달에
두어 번 찾아오던 좌절이 분기에 한 번으로 멀어진 지금도 때때
로 나는 흔들리고 무너진다. 살을 빼고 싶다는 욕심, S라인을 만
들고 싶다는 욕망, 55사이즈의 옷을, 프리사이즈의 옷을 망설임
없이 마음껏 입고 싶다는 갈망은 달이 차오르듯 주기적으로 찾
아오지만 체중계의 숫자에 매달려 내 몸을 고문하는 짓은 반복
하지 않는다.

건강한 음식을 바르게 먹고 꾸준히 운동하는 '몸 챙김', 다양한 책을 고루 읽고 부지런히 글을 쓰는 '마음 챙김'. 맛있게, 즐겁게, 가급적 좋은 음식을 균형 있게 먹으며 어제보다 건강하고 편안한 몸, 오늘보다 활기차고 가뿐한 몸을 만들기 위해 노력하는 하루하루는 즐겁고 행복하다. 눈에 보이는 성과가 바로 나오지 않는 길이 답답하고 힘겨울 땐 또 다른 과학책을 펼쳐 든다. 시시각각 우리의 몸을 노리는 세균과 바이러스, 곰팡이가 어떻게 공격해오는지, 그렇게 무자비한 외부의 침입자들로부터 나를 지키기 위해 내 몸이 어떤 싸움을 하고 있는지를 들여다보면 내 몸에 대한 무한한 애정과 감사가 절로 인다.

　　《인간이 그리는 무늬》,《탁월한 사유의 시선》의 저자 최진석 교수는 우리의 시선을 높이는 것이 생각의 높이를 올리는 것이라 말한다. 시선이 올라가면 생각이 올라가고, 생각이 올라가면 삶이 올라가고, 그렇게 한 명 한 명의 삶이 올라가면 우리가 살고 있는 사회와 국가의 높이 또한 올라간다. 철학을 한다는 건 어렵고 고리타분한 이론을 외우며 공부하는 게 아니라고, 철학이란 내가 세상을 바라보는 시선을 높이는 것이라고 강조하는 글을 보며 깨달았다. 과학책을 읽으며 지구 위로 올라가 우주여행을 하고, 몸속에 들어가 생명의 원리를 들여다본 것은 모두

'철학'이었음을. 인문학과 자연과학은 각개로 존재하는 별도의 세계가 아니라 우리의 시야를 넓힐 수 있는 다양한 방법이라는 것을 말이다.

'다른 애들은 벌써 한글을 다 읽을 줄 안다는데 얘는 어떡하지? 방문 수업이라도 시작해야 하나? 영어 학원은 어디가 제일 괜찮지? 이번 달 카드 대금이 얼마였지? 통장에 돈이 있나? 오늘 저녁은 또 뭘 해 먹지?' 평소의 내가 던지는 질문이란 그 밥에 그 나물, 고만고만한 그 수준. 아이 교육 문제, 돈 문제, 삼시 세끼 문제로 가득한 질문을 들고는 온전한 나 자신으로 존재할 수 없었다. 열심히 답을 하고 해결을 하면 무얼 하나, 나는 고작 밥순이에 무급 노동자일 뿐.

내가 보고, 알고, 인식하는 세상이 작아지고 좁아질 때, 내 눈에 들어오는 중요한 수치가 고작 체중계 위의 숫자일 때, 오로지 아이로만 가득 찬 시야가 답답할 때. 그럴 때마다 나는 책을 펼친다. 책은 나의 시선을 일순간에 저 높은 곳으로 끌어올려주고, 내 눈에 보이지 않던 세상을 눈앞에 펼쳐놓는다. 나는 내 시야의 편협함을 처절하게 깨달으며 짜릿하고 시원한 해방감을 느낀다. 나는 오늘도 놀라움을 넘어선 경악과 경이, 무한한 감동과 감사를 선사하는 책과 함께 생각의 높이를 올린다. 삶의 높이를 올린다. 철학을 한다. 그렇게 나는 흐릿해진 내 이름 세 글자의 존재감을 지킨다.

매일
똑같은 시야가
안타까울 때

2015년 한 달에 두 권, 밴드 모임 '책 읽는 엄마'

2016년 일주일에 한 권, 동네 독서모임 '오전 열 시'

2017년 한 달에 한 번, 책 읽기 없는 그림책 모임 'MUSE'

2018년의 프로젝트를 구상하기 시작했다.

새해에는 어떤 책모임을 꾸려볼까,

어떻게 해야 더 많은 사람들에게

의미 있는 시간을 선물할 수 있을까!

가장 먼저 시작해 가장 오래 운영했지만

흐지부지 중단되어버린 온라인 모임에 눈이 갔다.

직접 만나는 모임의 매력에 비할 순 없지만

시공간의 제약을 극복할 수 있는 온라인 모임의 장점을

살릴 수 있는 묘안을 찾아 고민한 끝에

온라인 독서모임 시즌2 '따뜻한 읽기'를 기획했다.

한 달에 한 권, 이달의 도서로 선정된 책을 함께 읽는

'지정책 읽기'

원하는 책을 자유롭게 골라 본인의 계획에 맞춰 읽는

'자율책 읽기'

9장. 서재에서 자란 역사

혼자서는 읽기 힘든 두꺼운 양서를 3개월간 완독하는
'벽돌책 읽기'

세 개의 소모임 중 원하는 모임을 선택해 3개월간
블로그에서, 카페에서, 카톡에서 따로 또 같이 읽는다.
적극적인 참여를 위해 책정한 한 달에 만 원,
총 3만 원의 참가비는 초록우산 어린이재단의 기부금으로 낸다.

각자의 이름으로 기부한 3만 원의 인증 사진이
한 장, 열 장, 서른 장, 일흔두 장이 되었다.
한 달에 만 원, 한 사람의 3만 원이 모여 우리는
216만 원을 아이들에게 보냈다.

'같이'의 가치를 다시 깨달으며
울컥, 뭉클, 새삼 감동하며⋯
우리는 함께 읽고 나누는 일상을 시작한다.

매일 똑같은 시야가 안타까울 때

．
．
．

　텔레비전이 없는 집에서 아이는 엄마 핸드폰 속의 영상을 즐
겨 본다. 동영상 속의 주인공은 출산 직후의 신생아부터 버둥버
둥 누워만 있던 영아기를 거쳐 두 살, 세 살로 자라가는 순간들
의 아이 자신. 아이는 언제나 눈을 반짝이며 자신의 탄생과 성장
의 일대기를 탐닉하고, 초음파 사진부터 붙여 정리한 앨범은 그
어떤 그림책보다도 자주 들춰 읽는다.

우주의 역사를 물어보는 아이

　"엄마, 엄마. 내가 이렇게 콩알만 했어? 그냥 점보다도 작았
는데 손가락만큼 커지고, 손바닥만큼 커지고, 엄마 배 속에 꽉

차서 나왔다고 했지? 그런데 지금은 어떻게 이렇게 컸지? 나 세 살이었을 때, 어린이집에서 분홍반이었을 때 사진 좀 볼까?" 아이는 출산 직후부터 두 돌까지의 이야기를 사진으로 짜 맞춘다. 이제 겨우 만 5년이지만 아이의 역사는 촘촘하고 다채롭고 반짝인다. 제법 말이 통하기 시작할 무렵부터는 엄마 아빠의 역사와 그 당시 본인의 존재 여부에 대해서도 호기심을 보이며 끊임없이 묻는데, 아이의 질문에 답하며 나는 자연스레 우리의 과거와 추억을 더듬는다.

"엄마, 엄마랑 아빠랑 우리 집 앞에 있는 학교를 같이 다녔다며? 내가 아빠한테 다 들었어!"

"진짜? 아빠가 언제 얘기해줬어? 맞아, 엄마랑 아빠랑 요기 앞에 초등학교랑, 바로 옆에 있는 중학교랑 다 같은 학교에 다녔어. 같은 반이었을 때도 있었지."

"아빠랑 저번에 옥상에 올라갔을 때 아빠가 얘기해줬어. 그런데 그때는 안 친했대! 진짜야?"

"큭큭. 응, 맞아. 그때는 하나도 안 친했어. 그런데 나중에 학원에서 다시 만났는데, 그때 아빠가 엄마가 좋아하는 칸쵸를 맨날 사다 줬다? 그래서 친해졌지."

"칸쵸? 내가 좋아하는 칸쵸?"

"응. 하윤이가 좋아하는 칸쵸. 하윤이가 엄마를 닮아서 칸쵸를 좋아하는 거 같아. 엄마가 칸쵸를 엄청 좋아했거든. 그래서 맨날 아빠가 마트에 갈 때마다 졸랐어. '나 칸쵸 하나만 사다 주라, 사줘, 사줘, 칸쵸 하나만 사줘' 하면서."

"큭큭큭, 엄마가 졸랐어? 그렇게 막 사줘 사줘 하면서? 그러니까 아빠가 사줬어?"

"그럼. 맨날 사줬지. 그래서 엄마가 고마워서, 같이 영화도 보고, 밥도 먹고, 그러다가 친해졌지."

초등학교, 중학교 동창이지만 정작 같은 학교를 다닐 때는 조금도 친분이 없던 우리가 입시 준비를 하며 만난 학원에서 친해지고, 연애를 시작하고, 결혼을 하고, 한 아이의 엄마와 아빠가 되고…. 짧다면 짧고 길다면 긴 우리의 역사를 아이는 그 어떤 이야기보다 좋아한다. 묻고 또 묻고, 듣고 또 듣기를 반복하던 아이는 이제 '엄마 아빠의 엄마 아빠의 엄마 아빠의 엄마 아빠…'의 역사를 묻기 시작했다.

"엄마, 그런데 엄마가 나를 낳은 거잖아. 그럼 엄마는 어떻게 생긴 거야?"

"엄마는 할머니가 낳아주셨지. 할머니가 엄마의 엄마잖아. 할머니랑 할아버지가 결혼해서 엄마랑 삼촌이 생긴 거야."

"그럼 할머니는? 할머니는 어디서 나왔어?"

"할머니는 할머니의 엄마가 낳아주셨지."

"그럼 할머니의 엄마는? 할머니의 엄마의 엄마의 엄마의 엄마의 엄마는? 그럼 이 세상은? 제일 처음에, 제일 처음에 아무도 없었을 때, 그냥 깜깜했을 때는? 도대체 우리가 다 어떻게 생긴 거야?"

대대로 내려오는 족보를 거슬러 인류의 역사, 생명의 역사, 우주의 역사를 물어보는 아이의 질문에 경악했다. 나는 이런 질문을 중학생이 된 뒤에야 던졌던 것 같은데 이 꼬맹이는 이제 겨우 여섯 살이 아닌가. 요즘 아이들은 이렇게 빠르고 똑똑한가, 나는 제대로 답을 해줄 준비가 안 됐는데 이를 어쩌나 당황하며 "으음. 그건 지금 바로 설명해주기 어려우니까 엄마가 좋은 그림책을 구해올게. 이 세상이 어떻게 생겼는지 이야기해주는 책이 많이 있을 거야" 대답하고 정신없이 검색을 시작했다.

아이에게 답해줄 이야기를 찾으면서, 열심히 찾은 이야기를 들려주면서, 아이가 던지는 또 다른 질문들에 끊임없이 답하면서 나는 알게 되었다. 한 사람의 자아가 형성되는 과정에서 과거와 역사는 빼놓을 수 없는 요소였다. 자기 자신에 대한 정체성과

자기의식을 쌓아가는 아이에게는 자신의 뿌리와 지난 시간에 대한 이야기가 반드시 필요한 토양이었고, 한 번도 아이를 키워본 적 없는 생초보 엄마에게는 아이를 낳고 양육해온 모든 부모의 기록과 통계가 더없이 유용한 지침서였다.

아이를 위해 우리의 과거를 들려주며, 나를 위해 다른 부모들의 과거를 들춰보며 나는 비로소 역사의 필요성을 깨달았다. 아, 역사란 게 이런 거구나. 나 자신을 알기 위해 내 부모를 더듬어보고, 내 부모를 알기 위해 그들의 부모를 궁금해하며 올라가고, 올라가고…. 다른 사람들은 어떻게 사나, 이럴 때 이런 순간 다른 사람들은 어찌 하나 도움을 받기 위해 두리번두리번 넓혀가고, 넓혀가고…. 학교에서 달달 외우던 국사 교과서만 역사책이 아니구나. 우리 가족의 앨범도 역사책이구나. 내가 수시로 펼쳐 읽는 육아대백과사전도 또 하나의 역사책이구나!

진실을 위한 역사

그저 지긋지긋한 암기 과목이라고, 달달 외워야 하는 귀찮은 과목이라고 생각해왔던 선입견과 거리감이 부서지기 시작했을 무렵 특별한 책을 만났다. 우연히 인연을 맺게 된 블로그 이웃님의 서재를 구경하던 중 발견한 두 권의 책《돌베개》와《장준하, 묻지 못한 진실》은 대한민국 역사의 소용돌이 한가운데로 나를 끌고 갔다.

《돌베개》는 1943년 중국 쉬저우에서 일본군을 탈출해 충칭에 있는 임시정부에 도착하기까지, 무려 6천 리(km로 변환하면 2,345km, 서울에서 부산을 4번 왕복한 거리!)를 제대로 된 옷과 신발도 없이 걸어간 장준하 열사의 항일 대장정을 담고 있다. 참으로 부끄러운 일이지만 나는 이 책을 읽기 전까지 '장준하'라는 이름 석 자도 몰랐다. 이 책을 통해 처음으로 그의 존재를 알게 되었는데, 책을 읽는 내내 가슴이 요동치고 달아올랐다. 목숨을 바치는 것이 하나도 아깝지 않은 조국이란 무엇인지, 나라 잃은 설움이란 대체 무엇인지…. 나에겐 그저 막연하기만 한, 잃어버린 조국을 향한 그의 처절함이 온몸에 전해졌다. 1943년부터 1945년 광복 직후까지, 겨우 2년여의 이야기만 담고 있어 아쉬움 가득한 마음으로 본문 뒤의 연대기를 읽었다. 일제강점기에 태어나 해방과 분단, 전쟁과 독재 정권까지 모두 겪고 그가 세상을 떠난 것은 1975년. 이렇게 모진 삶도 있는가 서글픔이 몰려올 때 눈에 들어온 글귀가 있었으니 그의 사망 원인이 '의문의 실족사'라는 것. '의문의 실족사? 조국의 광복을 위해서, 민주주의를 위해서 목숨 바쳐 싸운 분이 세상을 떠난 이유가 의문의 실족사라고?' 그의 죽음에 숨겨진 진실이 궁금했다. 그래서 펼쳐든 책이 《장준하, 묻지 못한 진실》이다.

'잘 살아보세'를 위해서라면 수많은 사람들의 생명쯤은 아무렇지 않게 처리할 수 있었던 시대. 인권과 민주주의 따위는 존재하지도 않았던 시대. 그가 살았던 시대. 그가 죽은 그때. 이 책은 장준하 의문사 사건을 담당했던 고상만 조사관이 정리한 책으로, 2074년까지 장준하 관련 자료를 비공개하기로 결정한 정부에 맞서 사건의 전말과 진실을 밝힌다. 1961년, 박정희가 쿠데타를 일으킨 그해부터 틈만 나면 거침없는 발언으로 박정희를 공격하고 비판하는 사람이 있으니 그가 바로 장준하다.

"대한민국에서는 누구나 일정한 자격과 조건만 갖추고 있으면 대통령이 될 수 있습니다. 그러나 단 한 사람 박정희 씨는 안 됩니다. 박정희 씨는 일본 천황에게 충성을 맹세하고 일본군 장교가 되어 우리의 독립 광복군에 총부리를 겨누었으니 이런 인물이 우리나라 대통령으로 있는 것은 국가와 민족의 수치입니다."
(중략)
"박정희 씨는 국민을 물건으로 취급하여 우리나라 청년을 월남에

팔아먹고 있고 그 피를 판 돈으로 정권을 유지하고 있습니다."

성공을 위해서라면 친일도 마다하지 않았던 박정희와, 목숨 바쳐 독립운동을 한 장준하. 둘은 양극단에서 대립할 수밖에 없었고, 장준하는 그 누구도 할 수 없는 말을 서슴없이 쏟아낸다. 그가 토해내는 연설문을 보자 등줄기가 서늘해졌다. 독재 정권 하에서 이런 말을 하고 다니다니… 숨어서 몰래 해도 잡혀갈 판국에 공개적으로, 때마다 이런 비판을 서슴지 않으니 그는 1961년부터 14년간 아홉 번 구속되고 스물일곱 번 연행되고, 급기야 유신헌법 긴급조치 위반으로 군사 법정에서 15년의 징역형을 선고받는다. 하지만 징역형조차 그를 막을 수는 없었으니, 그는 수감 11개월 만에 병보석으로 나와 유신헌법 폐지와 민주화를 위한 운동을 다시 시작한다. 그리고 8개월 뒤, 그는 의문의 변사체로 발견된다.

당시 경찰은 '실족 추락사'라고 밝혔으나 그의 시신은 높은 봉우리에서 떨어졌다고 볼 수 없을 만큼 깨끗했고, 75도 경사진 곳에서 15m를 떨어졌음에도 불구하고 그의 배낭 속에 들어 있던 보온병의 유리는 전혀 깨지지 않았다. 2012년, 유골에서 지름 6cm의 가격흔이 선명하게 발견되면서 그의 죽음을 둘러싼 의혹을 풀어야 한다는 목소리가 다시 높아지지만 정부와 여당은 재조사를 거부하고 모든 의혹을 배척한다. '아니, 어떻게 이럴 수가 있지? 왜 그의 죽음이 정치적 의문사로 남아야 하지? 인간의 탈을 쓰고 이런 짓을 할 수 있는 건가?' 분노가 치솟았다. 허탈감이 몰려왔다. 드라마보다 더 드라마 같은 현실, 영화보다 더 영화 같은 우리의 역사가 참으로 황망하고 서글펐다.

진실을 감추는 자와 진실을 말하는 자. 지배하는 자와 저항하는 자. 극단의 선택지를 주워 든 사람처럼 양쪽을 번갈아가며 쳐다보고, 또 쳐다보며 생각했다. 나는 어느 편에 설 것인가, 나는 지금 어디에 서 있는가. 그들을 향한 시선이 나에게 옮겨 오니 한 권의 그림책이 떠올랐다. 아무 감흥 없이 아주 오래 전에 읽은 책이 갑자기 불현듯, 그 많은 페이지 중 단 한 장이 내 머릿속에 쫙 펼쳐졌다. 무의식이 불러온 그림책은 장 지오노의 소설과 그의 소설을 애니메이션 영화로 제작한 프레데릭 바크의 그림을 엮은 《나무를 심은 사람》이었다. 원작 소설과 애니메이션 영화 모두 뛰어난 작품성으로 전 세계의 사람들에게 감동을 주었는데, 나는 이 책이 그렇게 와닿지 않았다. 폐허가 된 땅에서 묵묵히 나무를 심어, 아무도 살 수 없었던 황무지를 살기 좋은 낙원으로 바꿨다는 '엘제아르 부피에'의 고결한 삶이 나에게는 너무도 먼 당신, 나와는 동떨어진 별개의 존재로 느껴졌다.

아무도 알아주지 않더라도, 그 어떤 대가가 없을지라도, 오로지 한 가지 뜻을 품고 일생을 바쳐 실천하는 자세라니! 이건 정말 하늘이 내려준 위대한 영웅에게나 가능한 일이지, 나 같은 보통 사람과는 상관이 없는 일이구나 하며 덮었던 책 속의 한 장면이 다시 펼쳐졌다. 《장준하, 묻지 못한 진실》이 소환해 온 페이지는 엘제아르 부피에가 일궈낸 숲에서 행복하게 살고 있는 사람들의 모습이었다. 여기가 어떤 곳이었는지, 누가 어떻게 일궈낸 곳인지, 그 어느 것도 알지 못한 채 그저 하하 호호 웃고 있는 사람들. 지금 내가 가진 행복과 즐거움이 어떤 희생에서 나왔는지 아무것도 모르면서 유쾌하게 그저 누리고만 있는 사람들의 얼굴이 거울 속의 내 얼굴로 뒤바뀌었다. 화사한 옷을 입고 춤추고 있는 그들이 일순간, 나 자신이 되었다.

세상을 제대로 알고 기억하자

대학 시절, 운동권 이야기가 빠지지 않는 한국 소설이 지겹다고 생각했다. '아, 왜 이렇게 칙칙하고 어두운 이야기만 하는 거야? 그놈의 학생운동은 왜 이렇게 맨날 나와?' 세상에나, 이

건 뭐, 최소한의 양심도 없었던 터. 어떻게 그럴 수 있었을까. 기가 막히고 코가 막히지만 그땐 정말 까맣게 몰랐다. 민주주의가, 시민의 자유가, 생명의 존귀함이 너무도 당연하게 여기에 존재하고 있는 줄만 알았다. 그땐 알지 못했다. 내가 지금 당연하게 누리는 수많은 것들이 누군가의 목숨과 맞바꾼 선물이었다는 것을.

시민의 자유와 생명을 유린한 박정희는 알지만 그에게 맞서 민주주의를 외치다 목숨을 잃은 장준하는 모르는 나. 자신이 강요하는 진리를 따르지 않는 사람들을 마구 처형한 칼뱅은 알지만 다르게 생각할 권리를 목숨 바쳐 부르짖은 카스텔리오는 모르는 나. 아, 이건 정말 아니다. 이건 진짜 해도 해도 너무하다. 정의를 위해 몸을 던지기는커녕 그 길을 갔던 사람들의 흔적조차 모르는 인간이라니! 나도 모르게 고개가 떨어졌다. 한없는 부끄러움이 밀려왔다. 백 번 천 번 반성을 한들, 백 날 천 날 부끄러워한들 나는 죽었다 깨어나도 부피에 같은 사람이, 장준하 같은 사람이 될 수 없다. 그들과 같은 삶을 살겠다는 다짐은커녕 그런 길을 가고 싶다는 마음조차 들지 않는다. 나는 지극히 소심하고 겁이 많은 사람이니까. 맞서기보다 회피하기가, 도전하기보다 순응하기가 자연스러운 사람이니까.

하지만 소심한 겁쟁이, 회피를 일삼는 비겁자라도 최소한의 양심은 가질 수 있다. 그들 같은 삶을 살지는 못하더라도 그런 삶을 기꺼이 살아간 누군가에게 감사하며 살 수는 있지 않은가. 다른 이들을 위해 평생을 바쳐 노력하지는 못할지라도 최소한 누가 우리를 위해 희생하고 애썼는지는 알고 사는 사람이 되어야 하지 않을까? 부피에 같은 삶을 살지는 못하더라도 이렇게 살지는 말자. 역사를 제대로 알자. 책을 읽고 공부하자. 이 세상을 위해 묵묵히 노력한 사람들을 제대로 알고 기억하자.

애써 노력하지 않으면 우리는 그들의 이름을 알 수 없다. 《다른 의견을 가질 권리》의 저자 슈테판 츠바이크는 '역사는 정당할 때가 없다'고 말한다. '역사는 냉정한 연대기 기록자로서의 결과만을 헤아릴 뿐, 오직 승리자만을 응시하므로, 이름 없는 용사들은 언제나 어둠 속에 남겨져 거대한 망각의 구덩이 속에 내던져진다'는 것이다. 잃어버린 그들의 이름, 지워져버린 그들의 이름을 다시 살려 기억의 장으로 데려오는 것은 오늘의 우리에게 주어진 몫이기에, 나는 역사책을 찾아 읽기 시작했다. 좀처럼 손에 잡지 않던 평전을 골라 들었다. 최소한의 양심을 지키는 사람이 되기 위해서, 아주 작은 예의라도 갖춘 사람이 되기 위해서, 나는 내가 할 수 있는, 해야 하는 도리를 기꺼이 실천했다. 학창 시절 가장 싫어했던 과목이 '국사'였던 나에게 역사책을 읽겠다는 결심은 어마어마한 다짐이었는데, '아니, 왜 이런 책을 놔두고 교과서만 들여다보는 공부를 시킨 거야? 사건과 연도를 줄줄 외우는 대신 이런 책을 읽었으면 얼마나 좋았을까?' 안타까움의 탄식이 터져 나오는 책들을 만났다.

마냥 어렵고 지루할 것만 같았던 E. H. 카의 《역사란 무엇인가》는 신선하고 강렬했다. 교과서 첫 장에서 볼 때마다 아무 생각 없이 달달 외웠던 '역사란 과거와 현재의 대화'란 말이 어쩜 이렇게 다른 느낌으로 다가올 수 있을까 화들짝 놀라며 에드워드 카의 빈틈없는 논리에 정신없이 빠져들었다. 에드워드 카는 1960년, 두 차례의 세계대전이 휩쓸고 간 뒤에 이 책의 초고를 완성한다. 극도로 위험하고 혼란스러운 세계, 조금의 희망도 찾아볼 수 없는 절망 속에서 그는 역사를 이야기한다. 세상에 정말 희망이 존재하지 않는 것인지, 우리의 미래는 어둡기만 한 것인지, 거기엔 도대체 무엇이 자리하고 있는지, 우리의 미래를 보다 명확하게, 균형 있는 시선으로 바라보기 위해 그는 역사를 탐구한다.

역사는 연대기를 암기하기 위한 과목도, 과거의 사건을 들여다보는 수단도, 우리 삶과 동떨어져 존재하는 학문도 아니다. 역사는 오늘의 나를 이해하기 위한 방법의 하나이고 오늘의 나를 완성하는 자아정체성의 한 조각, 오늘의 나에게 필요한 지혜를 선사하는 조언자임을 나는 서른이 넘어서야 깨달았다.

> Q. 역사 지식이 부족해 난처해지는 때가 종종 있습니다. 역사 공부를 재밌게 할 수 있는 방법이 있을까요?
>
> A. 역사에 대한 교양이나 지식이 부족해서 어려움이 있다는 분들은 대개 역사뿐만 아니고 모든 분야의 지식이나 교양이 부족할 가능성이 많아요.
>
> — <세바시 성장문답> 중에서

유시민 작가의 해맑은 '팩트 폭격'에 무너진 나는 바로 도서관에 달려가 《거꾸로 읽는 세계사》를 빌려 왔다. 절판이 되어 구입할 수도 없는 오래된 책이 어찌나 흥미진진하던지! 웬만한 소설보다 강렬한 흡인력으로 손에 땀을 쥐게 하는 필력에 추리소설을 읽듯 긴장하며 읽었는데, 1차 세계대전부터 러시아의 혁명, 베트남전, 독일의 통일과 일본의 역사 왜곡까지 각각의 이야기를 맛보고 나니 세계 속의 대한민국이 보였다. 세계사 따로 한국사 따로, 일본 따로 대한민국 따로가 아니라 세계의 거대한 흐름 안에서 존재하는 우리나라의 상황이 선명하게 들어왔다.

나를 알기 위해 너를, 우리를 알기 위해 세계를

때로는 내가 보는 내 모습이 아니라 네가 보는 내 모습이 나를 더 명확하게 보여준다. 나는 역사책을 읽으며, 나를 제대로 알기 위해서는 내 옆에 존재하는 수많은 '너'를 알아야 함을 실감했다. 학창 시절에 배우지 못한 세계사를 접하며 내가 살고 있는 이 나라에 대해 더 많이 이해할 수 있었다. 한 권 한 권의 역사책은 한 조각 한 조각의 퍼즐이었고, 퍼즐 조각이 하나둘 늘어갈수록 전에는 보이지 않았던 세계라는 지도가 내 눈앞에 펼쳐지기 시작했다.

볼 수 있는 그림이 커질수록 일상의 무료함이 사라졌다. 책 읽기의 즐거움은 배가되었고, 스쳐 듣는 뉴스 한 자락도 풍요로운 이야깃거리를 던져주었다. 한 조각의 퍼즐만 쥐고 있던 과거의 나는 소설《참을 수 없는 존재의 가벼움》을 이해할 수 없었다.《참을 수 없는 존재의 가벼움》을 제대로 맛보기 위해서는 러시아의 역사를 알아야 했고,《그리스인 조르바》를 이해하기 위해서는 그리스의 역사가 필요했다. 터키에 대한 이해 없이 어떻게《내 이름은 빨강》을 온전히 즐길 수 있을까! 나는 '역사 무식자'를 위한 쉬운 책만 찾아 읽으며 조금씩, 서서히, 문학작품의 진가를 맛보기 시작했다.

돈이 나오는 일도, 떡이 나오는 일도, 검사를 하며 다그치는 사람이 있는 일도 아닌데 부지런히 성실하게 읽고 공부하는 이유는 단 하나, 즐거움이다. 시험을 위한 공부, 자격증을 위한 공부, 성적표를 위한 공부에서는 느낄 수 없었던 희열과 짜릿함, 나의 허전한 가슴을 채워주는 강렬한 한 방! 매일 반복되는 일상의 지루함을 타파하는 그 시원함에 취해 나는 어제도, 오늘도 부지런히 읽는다.

이제 일곱 살이 된 아이는 여섯 살 생활이 담긴 유치원 앨범을 보고, 또 보고, 묻고, 또 물으며 자신의 지난 역사에 심취한다. 바로 몇 달 전의 생활은 물론이요, 엄마 아빠와 할머니 할아버지, 지구와 우주의 역사에 여전히 호기심이 많은 아이는 주변의 온갖 물건에 관심을 가지고 유래를 묻는다. "엄마, 핸드폰은 어떻게 생겨난 거야? 이걸 누가 처음 만들었을까? 어떻게 만들었을까?" "엄마, 색연필은 어디서 생겨난 거야? 이런 색깔이 어디서 왔을까? 누가 만들었을까?"

민중운동가 함석헌은 《뜻으로 본 한국역사》에서 말한다. 사람에게 가장 귀한 것은 자기를 돌아볼 줄 아는 일이며, 사람이 사람 된 까닭이 바로 여기에 있다고. 어진 사람은 자기를 아는 사람이며, 생각하고 행동하는 주체로서 나를 깨우쳐 아는 사람이고, 그래서 우리는 우리의 역사를 알아야 한다고 강조한다. 역사는 곧 우리를 알아가는 것이며 우리를 알아야 나를 알 수 있다면, 나는 지금의 나를 얼마나 제대로 알고 있을까? 오늘도 내 곁에서 조잘조잘, 나를 알기 위해, 내 주변의 사물을 알기 위해, 나를 둘러싼 세상과 내가 존재하지 않았던 과거 속의 역사를 알기 위해 반짝이는 눈으로 질문을 던지는 아이를 보며 다짐한다. 나도 묻고, 읽고, 깨쳐야지. 이 작은 아이에게 부끄럽지 않은 어미가 되기 위해, 나를 알기 위해.

매일 똑같은 시야가 안타까울 때

나아지지 않는
세상이
막막할 때

"모임을 만들고 운영한다는 게 쉬운 일이 아니잖아요.
신경 쓰이는 일도 많고 힘드실 텐데….
어떻게 매년 스케일이 커져요?"

물론 스트레스를 받기도 하고 상처를 입기도 한다.
6개월 이상 함께한 멤버와의 이별은 시리도록 쓸쓸하고,
새로운 멤버들과의 적응기에는
나도 모르게 손을 떨며 긴장한다.

언제나 아쉬운 건 나의 부족한 경험과 깊이, 연륜.
내가 더 유능하고 뛰어났다면
우리 멤버들에게 더 값진 시간을 선사할 수 있을 텐데.
못내 속상하고 안타까운 마음을 꼬깃꼬깃 접어 넣고
모두가 스승이자 벗이 되는 모임을 그리며 간다.

대단한 리더가 없어도, 거창한 목표가 없어도,
서로가 서로의 손을 잡아 이끌어주는 모임이 가능하다.
지극히 평범하고 보잘것없는 나와 너라도
내가 네 곁에, 네가 내 곁에 자리하는 순간
반짝이는 특별함의 빛을 본다.

10장. 서재에서 심은 나무

나의 회복을 위해 너의 손을 붙잡고,

너의 행복을 위해 나의 손을 내민다.

맞잡은 우리는 허물을 벗는다.

누구의 딸, 누구의 아내,

누구의 며느리, 누구의 엄마에서

'나'로 돌아온 우리는 새 옷을 입는다.

쌉쌀한 커피와 묵직한 책,

따스한 사람들이 함께하는 순간,

그 신비한 시간과 공간,

거기에 자리한 우리는 다시, 우아해진다.

나아지지 않는 세상이 막막할 때

．

．

．

세월호와 메르스, 가습기 살균제 사건을 내리 겪으며 이 나라는 아이를 낳아 키울 곳이 아니라는 생각이 들었다. 내 아이가 여기서 안전하게 자랄 수 있을까? 아무 사고 없이 성인이 될 수 있을까? 막연한 불안감이 갈수록 커졌고, 이 나라에 희망이란 게 존재하기는 하는지, 대체 여기가 사람이 살 만한 곳인지, '헬조선'이란 말이 어쩜 이렇게 잘 어울리는지, 적절해도 적절해도 너무나 적절한 신조어가 서글펐다.

떠나고 싶은 나라, 대한민국

떠나고 싶지만 떠날 수 없는 나라에서 마음을 잡기 힘들 때

강렬한 제목의 책이 눈에 들어왔다. 나도 모르게 '나도!'를 외치며 펼쳐 든 책은 장강명의 소설《한국이 싫어서》. 아, 이 또한 너무 적절한 제목이 아닌가, 쓸쓸한 웃음으로 책장을 넘기자 20대 후반의 직장 여성 '계나'가 등장했다. 금융회사 신용카드 팀에서 일하는 계나는 어느 날 돌연 사표를 내고 호주로 떠난다. 거세게 반대하는 가족들도, 6년을 연애한 남자친구도 내버리고 단호하게, 몰인정하게 호주행을 선택한 이유는 단 하나, 한국이 싫어서!

호주에 도착한 계나는 아르바이트를 하며 어학원을 다니고, 대학원을 다니고, 영주권과 시민권을 취득해가며 안정적인 이민 생활에 접어드는데, "여전히 너를 잊지 못하고 있다. 언제가 됐든 네가 돌아올 때까지 너를 사랑하겠다" 말하는 남자친구 지명을 만나기 위해 다시 한국에 들어온다.(이렇게 바로 흔들려서야!) 계나가 한국을 떠날 때 취업 준비생이었던 지명은 이제 어엿한 언론사 기자가 되었고, 계나는 두 달간 그가 살고 있는 아파트에 머물며 예비 결혼생활을 한다. 대한민국의 20대가 쉽게 가질 수 없는 안정적인 직장과 그럴듯한 집이 있는 세계는 달콤한 맛으로 계나를 맞이하지만 계나는 어제도 바쁘고, 오늘도 바쁘고, 내일도, 앞으로도 쭉 바쁠 예정인 지명과 함께하는 생활에 금방 회의를 느낀다.

10장. 서재에서 심은 나무

하루에 여섯 시간도 자지 못하는 강행군이 매일매일 반복되는 일상. 자정 퇴근, 새벽 출근, 주말 특근이 당연한 일상. 기자 생활은 다 그런 거라고, 일을 한다는 건 다 그런 거라고, 먹고사는 건 다 그런 거라고, 그가 당연하게 치부하는 일상에 계나는 점점 숨이 막힌다. 피곤해서 어쩔 줄 모르면서도 무리를 해 주말 데이트를 나가는 것도, 퇴근하고 돌아와 술 한잔 마시며 수다를 떠는 것도 모두 부담스러워진 계나는 자신을 위해 언제나 애써야 하는 그가 그저 딱하고 불쌍해 눈물을 글썽인다. 잠이 든 지명의 포동포동한 배 위로 이불을 덮어주던 어느 날 밤을 떠올리며 계나는 말한다. '얘가 아저씨가 됐네' 하고 정이 떨어지는 게 아니라 오히려 마음이 더 짠하고 아팠다고. 이렇게 일하다 암에 걸리는 건 아닌가, 내가 이 모습을 10년이고 20년이고 보다가 그냥 얘는 매일 이렇게 열몇 시간씩 일하는 애라고 당연하게 여기게 되면 어떻게 하나 눈물이 날 것 같았다고….

서로가 서로를 사랑하고, 아끼고, 위하지만, 시간이 지나도 조금의 개선 없이 언제나 삐걱삐걱 뒤틀리는 계나와 지명을 보며 우리 부부가 지나온 시간이 떠올랐다. 매일 새벽까지 일하고 퇴근하는 그를 위해 밤새 아이를 안고 재우느라 녹초가 된 몸으로도 아침상을 차려주던 내 모습. 하루에 2시간도 제대로 자지

나아지지 않는 세상이 막막할 때

못하는 나를 위해, 새벽 2시에 들어오고도 우는 아이를 안고 나가 단 1시간이라도 조용히 잠잘 시간을 마련해주던 남편의 뒷모습. 우리는 게나의 표현대로 '달빛 아래 볏짚만 든 채 마주친 의 좋은 형제'였다. 밤마다 상대를 위해 볏짚을 날라대지만 변하는 건 아무것도 없는 상태. 아파도, 힘들어도, 지치고 고단해도 내가 사랑하는 너를 위해 무거운 볏짚을 나르고 또 나르는데 너의 곳간에 쌓이는 볏짚은 하나도 없고, 그저 너도 나도 한없이 지쳐 어느 순간부터 너를 위해 나르던 볏짚이 그저 지긋지긋한 무게로만 느껴지던 그때. 그래서 그저 서로가 가엽고 불쌍했던, 그래서 한없이 우울했던 그때 그 시간들을 다시 더듬었다.

자산성 행복과 현금 흐름성 행복

계나는 행복을 두 가지로 분류한다. 무언가를 성취하는 데서 오는 '자산성 행복'과, 지금 이 순간의 즐거움에서 오는 '현금 흐름성 행복'. 자산성 행복을 추구하는 남자친구 곁에서 현금 흐름성 행복을 포기할 수 없는 계나는 과연 어떤 선택을 했을까? 자산성 행복과 현금 흐름성 행복은 함께 가질 수 없는 것일까? 둘 중 하나를 반드시 포기해야 한다면, 우리는 무엇을 버려야 할까? 나는 무얼 버릴 수 있을까?

우리 부부는 무너질 대로 무너져 허우적거리는 나를 위해서, 막다른 길에 다다른 너를 위해서, 오늘 내가 살기 위해서, 우리가 함께 살기 위해서 현금 흐름성 행복을 택했다. 우리는 행복해지기 위해 직장을 버렸다. 계나가 남자친구와 가족, 한국을 버리고 떠난 것처럼 우리는 전공과 경력, 연봉을 버리고 현금 흐름성 행복을 좇았다. 그리고 얻었다. 즐거운 오늘과 오붓한 사이, 도란도란 가정. 동화책이라면 여기서 바로 깔끔한 엔딩, '그래서 그들은 오래오래 행복하게 살았습니다'로 끝나겠지만 현실이 어디 그러한가? 냉혹한 현실에 영원한 해피엔딩은 없는 법. 우리의 행복은 또 다른 행복을 포기한 반쪽짜리일 뿐, 그나마도 2년짜리 계약직이다.

'계약 기간이 끝난 다음에는 어떡하지? 이제 곧 아이가 학교도 가고, 생활비도 더 들 텐데⋯. 우리 2년 뒤에는, 5년, 10년 뒤에는 어떡하지?' 지속 가능한 행복을 위해서, 밀려오는 불안을 잠재우기 위해서, 우리에겐 안정적인 일터와 성취감, 자산성 행복이 필요하다. 진짜 게임은 지금부터, 본격적인 싸움은 이제 시작. 우리는 우리가 포기한 반쪽을 되찾을 방법, 우리가 계속 행복해질 수 있는 방법을 찾아야 했다. 흙수저와 금수저의 계급론이 거부할 수 없는 진실이 되어버린 대한민국에서 지속 가능한 행복은 대체 어디서 어떻게 찾아야 하나, 그게 존재하기는 할까, 역시 답은 이민뿐인가, 참담해질 무렵 한 권의 책을 만났다. 우연처럼 운명처럼, 신이 나를 위해 준비해준 선물이 아닐까 싶은 타이밍에, 제목부터 안성맞춤으로 내려온 책은 오연호의 《우리도 행복할 수 있을까》.

이 책은 세계에서 가장 행복한 나라 덴마크의 비밀을 탐구한다. 덴마크의 많은 사람을 취재하며 그들의 행복이 어디에서 오는지를 찾아가는데, 대한민국에서는 상상할 수도 없는 일들이 당연하게 펼쳐지는 그들의 일상이 부럽다 못해 배가 아프고 쓸쓸해 사실 심통이 났다. 초등학교 때부터 자신이 하고 싶은 일을 스스로 선택하며 시험, 입시, 취업 스트레스가 없는 학교. 의사, 변호사, 국회의원이 특별 대우를 받지 않고, 택시기사와 식당 종업원도 자부심을 느끼는 사회. 일일 노동시간이 7시간 30분에서 8시간으로 대부분의 사람이 아침 8시에 출근해 오후 4시에 퇴근하는 일상. 평생 무료인 병원비, 2년 동안 지급되는 실업보조금. 대학 등록금은 물론, 재학 중의 한 달 생활비까지 지원되는 나라. 1분 안에 떠오르는 걱정거리가 없다며 행복하게 웃는 사람들이라니!

이 모든 게 우리와 같은 시대를 살아가는 사람들의 이야기라는 걸 믿을 수가 없었고, 믿고 싶지 않았다. 부러웠던 마음이 책장을 넘길수록 이질감과 거부감으로 뒤덮였다. 우리와는 너무도 다른 그들의 역사 앞에서 나는 허탈했다. 그건 그들만의 유토피아일 뿐, 나와는 전혀 상관이 없는 먼 나라, 딴 세상의 이야기일 뿐이 아닌가! '그래, 그들이 행복한 건 너무 잘 알겠는데, 우리는? 그래서 우리는 어떻게 행복해지냔 말이다!' 중반부부터는 언제 답이 나오나, 그래서 우리가 행복해지는 방법은 대체 무엇인가 오로지 그것만을 기다리며 페이지를 넘겼는데, 책장이 거의 다 넘어간 시점! 318쪽 중 무려 300쪽이 넘어서야 해답이 등장했다. 아니, 우리가 행복해지는 방법을 찾자더니 고작 10장이야? 황당한 마음으로 몇 장 되지 않는 페이지를 넘기다가 꽈당. 나는 아주 제대로 뒤통수를 얻어맞고 쓰러졌다.

개인적으로 행복해지고 싶은가? 그럼 행복사회를 만드는 데 동참하라. 작은 실천이라도 지금 당장 시작해야 한다. 행복한 사회에 앞장서고 있는 개인, 단체, 언론에 정기적으로 기부하는 것도 하나의 방법이다. 독서 모임을 만들어 우리가 가야 할 길에 대해 토론하는 일도 의미 있는 시작이다.

(중략)

나아지지 않는 세상이 막막할 때

덴마크의 새 출발은 1864년 독일과의 전쟁에서 진 후 시민들이 자각을 했기 때문에 가능했다. 왕이 주도한 전쟁에서 패배하자 왕을 다시 보기 시작했고, 왕이 아니라 시민 스스로 길을 개척해야 한다는 사실을 깨달았다. 대한민국의 지금도 마찬가지 아닌가? 정치권에 대한 실망이 어느 때보다 높다. 그러나 대통령에게 여야 정치인에게 내일이 오느냐고 묻지 말자.

(중략)

이제 지금, 나의 차례다. 나와 당신이 새 씨앗을 뿌릴 때다. 우리 서로 먼 훗날 웃으며 이렇게 말하면 얼마나 좋겠는가. "새로운 바람이 왔다. 그때는 몰랐지만."

해답은 간단했다.

"내가 하는 거야."

"이 책을 읽고 있는 '너'가 하는 거야."

"이걸 아는 나와 너, '우리'가 하는 거야."

이것은 마치, 수능 만점자의 "교과서 위주로 공부했어요"와 같은 느낌…? 생각지도 못했던 비법에 잠깐 정지! 뒤통수를 강타한 충격에 잠시 멍하니 정신을 놓았는데, 한 장 한 장 그동안 넘겨온 페이지들이 다시 떠올랐다. 덴마크 사람들이 자신들의 행복을 이야기할 때 빠짐없이 등장했던 핵심! 그들이 훌륭한 복지 제도를 갖추고 있는 다른 나라 사람들보다 더 행복한 이유는 반복해서 등장했다. 그게 정답이 될 수 있다고 생각하지 않았을 뿐, 그걸 비법으로 여기지 않았을 뿐, 그들은 처음부터 끊임없이 이야기했다.

큰 집과 좋은 대학을 부러워하지 않는 '한 사람 한 사람의 가치관', 대화와 타협을 중시하는 '가정과 학교, 사회의 문화', 적극적으로 참여하고 실천하는 '시민 의식'. 세상에서 가장 행복한 나라라는 결실은 한 명 한 명이 모이고 모여 맺어진 것이었다. 행복한 나라는 어느 날 갑자기 하늘에서 날아온 슈퍼맨이 뚝딱 만들어주는 것이 아니었음을, 행복한 나라는 지금 이 순간을 살아가는 나의 노력 하나하나가 모여 만들어지는 것임을 나는 이제야 직시했다.

한 권의 책이 나에게 물었다. '대통령이 문제라고 욕하는가? 정치인들이 잘못이라고 비난하고 있는가? 그럼 너는 무얼 하고 있었는가? 가만히 앉아 세상을 욕하는 것 말고 무엇을 하고 있는가? 그들이 만들어놓은 생각과 가치관을 당연한 것으로 여기고 있지는 않은가? 아무 생각 없이, 그저 정신없이 세상이 원하는 대로 살고 있지 않은가?' 숨을 고를 틈도 주지 않고 책이 말했다. 행복을 원한다면, 세상을 바꾸고 싶다면, 지금 바로 이 순간 이 책을 읽고 있는 '너'가 움직여야 한다고.

거침없는 '돌직구'를 맞고 나니 세월호와 메르스 문제에 대해서도 다른 생각을 하게 되었다. 국민의 안전보다 자신들의 안위와 이익을 우선시한 그들의 판단이 잘못되었다면, 나는 어떠한가? 나는 돈보다 인간의 존귀함을 더 중시하며 살아왔는가? 당장 돈을 더 벌 수 있다면 다른 사람들의 안전과 안녕 같은 건 신경 쓰지 않아도 된다고 생각하지 않았는가? 돈보다 중요한 것은 더없이 소중한 나와 너, 우리이고, 그런 우리에게 가장 중요한 것은 존재의 소중함이라고, 나는 정말 그렇게 생각하며 살았는가?

나를 돌아보았다. 좋은 성적, 이름 있는 대학, 그럴듯한 직업, 자본주의 사회에서 인정하는 화려한 성공. 나는 그런 것들에 목을 매며 달려오지는 않았는지. 아이들에게 공부만을 강요하며 성적으로 줄을 세워 평가하지는 않았는지. 아이에게 옆에 있는 친구가 나만큼이나 소중한 존재임을 알려주고 있었는지. 세상에서 가장 소중한 것이 무엇인지 스스로 생각해볼 시간과 기회를 주었는지. 다시 한 번 있는 그대로의 내 모습을 치열하게 보고 고민하기 시작했다. 앞으로 나는 어떻게 살아야 하지? 나는 어떻게 달라져야 할까? 내가 달라질 수 있을까? 지금 당장, 내가 무얼 할 수 있을까?

《강의》와《담론》,《손잡고 더불어》까지 읽는 책마다 큰 깨달음을 선사한 신영복 선생이 말씀하셨다. 감옥에서 20년이라는 시간을 보내는 동안 부단히 달라지려고 노력했지만 결과는 크게 달라진 것이 없었다고, 인간의 어떤 자질이나 인간성, 한 사람의 본질적인 부분은 결코 쉽게 달라지는 것이 아니므로 친구와 이웃이 필요하다고. 우리는 '이웃들 속에서 그 사람들과 함께 그 사람들이 변하는 만큼만 변할 수밖에 없으므로, 나를 변화시키기 위해서라도 우리는 사회와 역사를 변혁해 나가야 한다'고.

맹모삼천지교가 떠올랐다. 엄마들이 괜히 좋은 학군으로 이사를 갈까. 어떤 환경에서 어떤 사람들과 함께하느냐가 얼마나 강력한 힘을 발휘하는지 우리는 이미 알고 있지 않은가. 아, 그렇구나. 나 '혼자'가 아니라 우리 '함께'구나. 내가 변해야 사회가 변하는 것은 물론 내가 변하기 위해서도 사회의 변화가 필요하구나. 친구가 필요하고 이웃이 필요하구나. 그래서 '손잡고 더불어'구나!

등줄기를 타고 돋아 오르는 닭살을 느끼며 '정권 교체보다 사회 교체'라는 말을 가슴에 박았다. 세상을 바꾸기 위해서는 5

년에 한 번 하는 정권 교체에 집중할 것이 아니라 지금 이 시각, 내가 할 수 있는 것을 바꾸는 사회 교체가 필요하다는 진리를 나는 알지 못했다. 오랜 시간 나는 사회와 국가를 '나'와 동떨어진 별개의 존재로 생각했다. 사회가 이 지경인데, 나라가 이 모양이 꼴인데 난들 어쩌랴, 내가 뭘 어쩔 수가 있겠느냐 체념하고 방관했다. 하지만 이 지경과 이 모양 이 꼴인 건 바로 나 자신이었다. 사회를 구성하는 기본은 가정이고, 가정의 중심에는 엄마인 내가 있지 않은가. 가정이 가장 작은 사회이자 사회의 시작점이니 사회를 바꾸려면 가정을 먼저 바꿔야 하고, 가정 안에서 무한 파워를 가진 존재가 바로 엄마이니 세상을 바꿀 수 있는 핵심 키는 나의 두 손에, 우리 엄마들 손에 쥐어져 있었다.

엄마가 행복해야 아이가 행복하다는 아주 흔한 말. 엄마가 행복해야 아이가 행복하고, 엄마가 행복해야 우리 가정이 행복하고, 우리 가정의 행복이 학교로, 동네로, 직장으로, 사회로 나갈 테니 비단 아이뿐 아니라 사회의 행복 또한 엄마에게 달렸다 말할 수 있겠다. 하지만 대한민국에서 주저 없이 당당하게 "나는 행복해요" 말할 수 있는 엄마가 대체 몇이나 될까? 나는 행복한 엄마는커녕 살고 싶지 않은 엄마였다. 엄마라는 굴레에서 벗어나고 싶었고, 엄마라는 세상에서 탈출하고 싶었다. 끝없이 반

10장. 서재에서 심은 나무

복되는 하루하루가 불행이었고, 마지못해 끌려가는 하루하루가 절망이었다. 이런 엄마들이 가득한 사회에 희망은 없다. 나는 나를 위해, 내 아이를 위해, 나와 같은 절망의 시간을 보내고 있는 엄마들을 위해, 그 가정을 위해, 지금 이 자리에서 내가 할 수 있는 일을 찾아 실천하기 시작했다.

나의 실천 하나, 독서모임

죽고 싶었던 나를 구원한 건 '좋은 책'과 '좋은 사람들', 이 둘이 한데 모인 '좋은 모임'이었다. 나는 한 권 한 권의 책을 만났고, 그 책을 함께 읽을 사람들을 만났으며, 그 사람들과 함께하는 시간과 공간 속에서 회복했다. 그러니 내가 해야 할 일의 0순위는 단연 책모임! 다양한 독서모임을 만들어 엄마들을 초대하고, 지역 곳곳에서 독서모임이 퍼져나갈 수 있도록 모임 이야기와 자료를 공유한다. 나는 진지하고 무거운 '책'과 '독서'에 가려진 틈새를 공략한다. 미간에 힘을 주고 꼿꼿하게 앉아서 하는 토론, 깊이 있고 심오한 토론도 있지만 드라마 이야기하듯 가볍게, 내 속을 뒤집는 시댁과 직장상사 흉을 보듯 치열하게 나누는 토론도 가능하다. 나는 부담 없이 편안하게, 동네 마실 나가듯 어슬렁어슬렁 놀러 나올 수 있는 책모임을 지향하고, 그런 시간과 공간을 선물하기 위해 노력한다.

관심을 가지고 둘러보면 우리가 할 수 있는 모임은 아주 다양한 방식으로 도처에 존재한다. 친한 친구와 둘이서 하는 모임, 직장 동료와 점심시간에 밥을 먹으며 하는 모임, 아이들과 함께 만나 그림책을 읽고 나누는 모임, 따로 책을 읽을 필요 없이 함께 모여 책을 읽는 낭독 모임, 공간과 거리의 제약을 초월한 카톡 모임까지! 마음만 먹으면 지금 이 순간 시작할 수 있는 방법들이 가득함을 증명하고 소개하기 위해, 나는 오늘도 온라인-오프라인을 넘나들며 다양한 모임을 기획하고 운영한다.

나의 실천 둘, 블로그

시간에 쫓겨 마음만큼 실천하지 못할 때도 있지만 가급적 책과 모임에 관한 모든 내용을 블로그에 기록해 공유한다. 독서모임에서 읽은 책과 우리가 나눈 이야기, 내가 준비했던 자료와 내가 읽은 독서목록들이 블로그라는 곳간에 차곡차곡 모이고 쌓인다. 대단한 파워 블로그도 아니고 그저 동네 한구석에 자리한 구멍가게 수준이지만 책과 모임의 가치를 조금이라도 알릴 수 있다면, 퍼트릴 수 있다면…. 아주 작고 미미한 힘일지라도 그 힘이 모이고 모여 세상을 아름답게 만드는 밑거름이 될 수 있을 거라 믿으며 기꺼이 시간과 정성을 투자한다. 경력단절녀로 집에 갇혀 있던 나에게 블로그는 세상과 나를 잇는 다리이자 세상 밖으로 목소리를 낼 수 있는 유일한 통로였다. 내가 책을 읽고 리뷰를 쓰면 300명에서 500명의 사람들이 글을 읽는데, 누군가에게는 '애개' '겨우'일 수도 있겠지만 블로그가 아니라면 애 딸린 아줌마가 어디 가서 300명 넘는 사람들에게 내 생각과 이야기를 전할 수 있겠는가.

SNS의 영향력이 커지면서 모든 채널은 갈수록 상업화되고 빵빵한 광고비를 등에 업은 콘텐츠가 범람한다. 양질의 책을 소개하는 글이나 꼭 필요한 정보를 전달하는 콘텐츠보다는 시장의 원리가 교묘하게 숨어 있는 포스트가 대부분인 현실에서 엄마들은 흔들리고 휩쓸린다. 끊임없이 발버둥 치며 헤엄치지 않으면 우리는 자본주의 사회와 사교육 시장의 물결에 떠내려갈 수밖에 없다. 나는 깨어 있기 위해 글을 쓴다. 중심을 잃고 무너지지 않기 위해서, 끊임없이 생각하며 공부하기 위해서, 매일 부지런히 책을 읽고 글을 쓴다. 그리고 우리 함께하자 목소리를 높인다. 휩쓸려가고 있는 엄마들에게 발버둥 쳐야 한다고 소리치고 우리 같이하자 손을 내민다. 발버둥 치고 있는 엄마들에게 혼자만의 외로운 싸움이 아니라고 속삭이고, 나도 함께하고 있다

말하며 손을 잡는다. 내가 내밀고 잡을 수 있는 손이 얼마 되지 않더라도 멈추지 않는다. 단 한 사람의 손이라도 잡을 수 있음에 감사하며…. 이게 얼마나 많은 영향력을 주고 있느냐를 떠나 나의 말과 글을 담고 나눌 수 있는 공간으로서의 특별함을 누린다.

나의 실천 셋, 정치에 관심 갖기

가장 최근 시작한 실천은 정치에 관심을 갖고 참여하는 것이다. 《우리도 행복할 수 있을까》를 읽은 직후에는 투표하기와 시사 프로그램 〈썰전〉 챙겨 보기 정도의 수준에서 머물렀으나 최순실-박근혜의 국정농단과 탄핵 사태를 거치며 나도 함께 진화했다. 광화문에 나가 촛불도 들어보고, 정당 홈페이지에 들어가 항의 글도 올려보고, 그런 게 있는지도 몰랐던 경선 투표에도 참가해 소중한 한 표를 행사해본 나는 이제 설거지를 할 때마다 정치 팟캐스트를 듣고, 매달 만 원씩 내가 지지하는 정당에 후원금도 낸다.

정치의 '정' 자도 모르던 여자, 아는 국회의원의 이름이 하나도 없었던 여자, 일반 시민이 당원으로 가입해 정당 활동을 할 수 있다는 사실조차 몰랐던 내가 권리 당원으로 이름을 올린다.

외출이 자유롭지 못한 엄마인지라 정기적이고 적극적인 참여는 하지 못하지만 이따금씩 열리는 모임에 참석할 때마다 반짝반짝 움트는 희망을 본다. '세상엔 정말 좋은 분들이 많구나. 그동안 내가 알지 못했을 뿐. 보이지 않는 구석구석에서 아이들을 위해서, 약자를 위해서, 보다 나은 세상을 위해서 이렇게 애쓰시는 분들이 많구나.'

좁은 반경 안에서 친구들과 동네 엄마, 텔레비전만 볼 때에는 이 나라에 답이 없다고 생각했다. 학습지 얘기, 학원 얘기, 애들 성적 얘기, 돈 얘기, 시댁 얘기…. 한참을 열정적으로 쏟아내도 돌아서면 헛헛하고 불안하고 답답하고, 모임을 마치고 집에 돌아오면 오히려 더 마음이 불편하고 걱정만 늘어났는데, 독서모임과 정당모임을 하며 좋은 모임이 무엇인지를 알게 되었다. 에너지가 소모되고 불안감만 커지는 모임은 득이 되지 않는 모임이다. 좋은 모임은 몸이 먼저 반응한다. 모임을 할 때뿐 아니라 집에 돌아온 뒤에 가슴이 따뜻하게 차오르는 모임, 우리가 함께했다는 것만으로도 힘이 나고 용기가 생기는 모임, 보다 나은 내일을 기대하게 되는 모임. 그런 모임에서 나는 세상을 향한 희망과 기대를 길어 올린다.

단 하나의 뮤즈를 꿈꾸며

물론 책과 사람, 모임이 모든 걸 해결할 순 없다. 내가 아무리 열심히 책을 읽고 사람들과 손을 잡아 연대해도 우리는 여전히 소수일 뿐 세상의 대세가 될 수 없다. 아빠들에게, 엄마들에게, 대한민국의 모든 직장인에게 온전히 '나'로 존재하는 시간을 선사하기 위해 노동 시간 단축과 노동 착취 금지 법안을 추진하는 정당과 정치인을 후원하지만 그 힘은 너무 미약하고 흐릿해 보인다. '하고 싶은 일'과 '해야 하는 일'은 가득하지만 애 딸린 아줌마가 '할 수 있는 일'은 또 어찌나 좁고 적은지…. 이상과 현실의 거대한 간극 속에서 나는 자주 힘이 빠진다.

'내가 할 수 있는 일이라곤 고작 이렇게 작디작은 블로그에 글을 쓰는 것밖에 없구나. 이러면서 무슨 변화를 기대하고 희망을 바라는지. 이렇게 평범하고 보잘것없는 내가 대체 뭘 할 수 있을까. 뭐 대단한 일을 한다고 매일같이 책상 앞에 앉아 책을 읽고 글을 쓰나. 쓸데없는 짓일랑 그만두고 밖에 나가 다만 한 푼이라도 더 벌어 와야 하는 게 아닐까?' 걷잡을 수 없는 회의와 번뇌가 찾아올 때, 나는 그림책 한 권을 펼쳐 든다. 표지부터 숨 막히는 아름다움으로 나를 사로잡은 그림책 《한밤의 정원사》는 언제나 나에게 더없는 위로와 격려를 선물한다. '부족해도 괜찮아, 평범해도 괜찮아, 그런 너도 괜찮아. 너의 그 보잘것없는 작은 실천이 네가 살고 있는 마을과 세상을 아름답게 만들 수 있단다' 속삭이는 이 책은 회색빛의 마을에서 시작된다.

오로지 연필로만 그린 황량한 마을 '그림로치가'에 놀라운 일이 벌어진다. 어느 날 갑자기 마법처럼 멋진 부엉이 나무가 나타나더니, 다음 날 아침엔 고양이 나무가, 다음 날에는 토끼 나무, 그다음 날에는 앵무새 나무, 아기 코끼리 나무…. 매일매일 새로운 나무 조각이 나타나기 시작한 것. 사람들은 매일 생겨나는 근사한 나무 조각을 보며 웅성웅성 감탄하고, 넋을 잃고, 이내 이 멋진 나무 조각과 어울리지 않는 낡은 집을 고치고, 함께 모여 축제를 벌인다. 사람들이 모일수록, 즐거워할수록, 회색빛의 황량한 마을은 야금야금 다채로운 색을 더해가며 아름다워진다.

대체 이 나무 조각은 누가 벌인 일일까? 아무도 모르는 그림로치가의 비밀은 딱 한 사람, 그림로치 보육원에 살고 있는 소년 윌리엄이 알아낸다. 윌리엄은 나무 조각을 만든 한밤의 정원사 할아버지를 우연히 만나게 되는데, 할아버지는 윌리엄에게 "이 공원엔 멋진 나무가 너무나 많단다. 네가 좀 도와주겠니?" 제안을 한다. 우리의 순진한 윌리엄은 할아버지와 함께 밤새도록 공

나아지지 않는 세상이 막막할 때

원의 나무를 다듬어 환상적인 조각들을 완성하는데, 이렇게 태어난 공원의 모습은 탄성이 절로 나오는 장관이다. 초록빛으로 푸르른 조각들도 예술이지만 단풍이 들어 낙엽이 떨어지기 시작하는 가을의 풍경, 나뭇잎이 모두 떨어져 앙상한 가지만 남은 눈의 겨울도 잊을 수 없는 페이지니 꼭 책을 펼쳐 직접 감상해보시길.

소멸의 계절 겨울을 지나 다시 찾아온 봄, 한밤의 정원사가 조각했던 나무 조각들은 모두 사라져 그가 다녀간 흔적조차 찾아볼 수 없지만 마을 사람들은 예전과 같은 모습으로 돌아가지 않는다. 마지막 페이지는 달라진 그림로치가의 정경을 담고 있는데, 아름다운 석양을 그대로 담아낸 신비로운 색감과 정교한 스케치에 사로잡혀 한참을 허우적대던 나는 울컥, 눈물이 솟아올랐다. 내 귀에 조근조근, 나지막이 속삭이는 한밤의 정원사 할아버지의 목소리. "세상을 바꾸는 힘은 대단하고 특별한 영웅에게서만 나오는 게 아니야. 평범한 사람의 작은 실천도 세상을 바꿀 수 있단다."

《한밤의 정원사》를 만나니 《나무를 심은 사람》이 다시 떠올랐다. 아무도 살지 않는 폐허의 땅에서 매일 나무를 심는 사람,

10장. 서재에서 심은 나무

하루도 거르지 않고 40년을 노력해 드넓은 황무지를 거대한 숲으로 만들어낸 노인 엘제아르 부피에는 한밤의 정원사와 닮았다. 자신을 드러내지 않고 묵묵하게 나무를 조각해 그림로치가를 변화시킨 한밤의 정원사는 부피에와 같은 또 한 명의 영웅이자 위인이니까.

그런데 이상한 건, 정원사 할아버지가 부피에처럼 특별하고 대단한 존재로 느껴지지 않았다는 것이다. 마을을 변화시키겠다는 일념으로 평생을 바쳐 노력한 것도 아니고, 모두가 잠든 밤에만 잠깐 다녀갈 뿐이고, 40년을 몸 바쳐 희생한 부피에에 비해 뭔가 좀 허술하고 소소한 느낌? 부피에는 위인전에서, 한밤의 정원사 할아버지는 〈생활의 달인〉에서 만날 것 같은 느낌. 훨씬 더 평범하고 인간적이지 않은가. 왠지 모를 만만함과 친숙함이 몰려왔는데, 그런 할아버지가 마을에 끼친 영향이 결코 작지 않았다는 것이 포인트!

보랏빛 석양이 아름답게 깔린 마을이 나에게 말했다. "거창하고 대단한 일만 세상을 바꿀 수 있는 건 아니야. 지금 네가 할 수 있는 일, 지금 네가 잘하는 일을, 지금 네가 할 수 있는 만큼만 하렴. 누가 알아주지 않아도 괜찮아. 얼마 지나지 않아 흔적 없이 모두 사라진대도 괜찮아. 네 안에는 이 세상을 바꿀 수 있는 힘이 담겨 있단다. 그 힘은 절대 사라지지 않아." 찌르르 울리는 가슴, 핑그르 고이는 눈물을 안고 다짐한다. 더 이상 내가 하지 못하는 것에 미련을 두지 않겠다고. 내가 부족한 것, 나에게 없는 것에 연연하는 대신 지금 이 시간, 오늘 내가 할 수 있는 것에 몰두하겠다고.

용기가 부족하면 부족한 대로, 능력이 안 되면 안 되는 대로, 지금 내 주변 이 작은 곳에서 시작한다. 읽고 권하고, 읽고 만나고. '엄마' 대신 'MUSE'라는 이름을 붙여 초대장을 보낸다. 시인과 예술가, 작가들에게 영감과 재능을 불어넣는 여신 뮤즈는 하늘하늘 가녀린 모델과 유명 연예인보다 무궁무진한 잠재력을 가지고 태어난 아이들을 키워내는 엄마들에게 더 어울리는 말이니까.

안진하고 행복한 사회, 희망이 가득한 세상을 위해 나를 찾고 너를 찾는다. 지금 여기를 살고 있는 한 사람 한 사람이 다시 반짝반짝 우아해질 날을 기다리고 기대하며…. 함께, 같이, 연대를 안고 오늘도 열심히 오늘을 산다. 어제의 내가 보내는 지원에 기대어, 내일의 내가 보내는 응원에 힘입어, 오늘도 나는 잃어버린 나를 찾아 세상을 밝히는 단 하나의 뮤즈를 꿈꾼다.

"다리를 구부리고 앉아야 하는 한 평일지라도,

있었는지도 모르게 사라지는 5분일지라도,

우리에겐 언제나 누군가의 무엇이 아닌

나 자신으로 숨 쉬고 생각할 수 있는 순간이 필요하다."

아이가 잠들면 서재로 숨었다

초판 1쇄 발행 2018년 6월 15일
초판 8쇄 발행 2022년 7월 30일

지은이 김슬기
펴낸이 권미경
편 집 이윤주
마케팅 심지훈, 강소연, 김철
디자인 김은영
펴낸곳 (주)웨일북
등록 2015년 10월 12일 제2015-000316호
주소 서울시 서초구 강남대로95길 9-10, 웨일빌딩 201호
전화 02-322-7187   팩스 02-337-8187
메일 sea@whalebook.co.kr   페이스북 facebook.com/whalebooks

ISBN 979-11-88248-22-3 03810

소중한 원고를 보내주세요.
좋은 저자에게서 좋은 책이 나온다는 믿음으로,
항상 진심을 다해 구하겠습니다.

이 도서의 국립중앙도서관 출판예정도서목록(CIP)은 서지정보유통지원시스템 홈페이지
(http://seoji.nl.go.kr)와 국가자료공동목록시스템(http://www.nl.go.kr/kolisnet)에서
이용하실 수 있습니다.(CIP제어번호: CIP2018016574)